楽《らく》の音《ね》

ドイツの森と風のなかで

Spiel im Westwind

Nobuyo Tada von Twickel

多田 フォン トゥヴィッケル 房代

みなも書房

楽の音

ドイツの森と風のなかで

窓の外に、森へ向かおうとする夫の姿が見えた。

そう言えば「ちょっと外へ出てみませんか、そろそろ書くこと、おわりませんか？」

という彼の声が、微かに耳に残っている。

陽光が西に傾き、樹木の丘の向こうに沈みかけていた。

私はあわてて外に飛び出した。

ひんやりとした空気が頬をつきさし、思わずブナの樹にしがみつく。

「ホーッ　つめたい！」

からだの中から、トクトク……音が聞こえてきた。


「大切と思っているもの、ぜーんぶ　そぎとると、何が残る？」

ふと、そんな言葉が心に浮かんで、夫に駆け寄ってたずねた。

「大切なもの、ぜんぶそぎとると、何が残る？」

彼は、少し黙って……

「Stimmung 気配」と、応えた。

「空気が冷たい、土の下から這い上がってくる草の勢い、力を感じる。

春がくる……向こうに見えるあなたの部屋の光、あったかいね」

私は、部屋の電気を消し忘れて飛び出してきたようだ。

誇らしげな〝私のこたえ〟は、スーッと消えて

そこには、気配だけが残っていた。

写真　Degenhard von Twickel u, Nobuyo von Twickel

目次

第1楽章　游　9
第2楽章　樹木の丘とハウスハーマン　35
第3楽章　音のアトリエ　67
第4楽章　天に生きる《しぜん》　99
ヴィラベックの四季　139
あとがき　152
解説「新たな風土に游ぶ」　玄有宗久　157

「日本の本は、後ろから始まるのね」

「いえ、こちらが前なのです……」

ドイツに暮らし始めて三十余年、いまだにこんな調子で私の日常は回っている。

「人間、何処で暮らそうが何処で生きようが同じだよ」と、いつか誰かが言っていたけれど、どうもそうでもないようだ。

国が違えば文化が異なる、慣習も考え方も感覚も感受性も微妙に異なる。すこしは言葉が達者になっても、繊細なニュアンスまではなかなかつかめず、ドイツ人特有の洒落たユーモアにも気づかない。

日本人の「私」が、からだの奥でシトシト疼く。

ドイツの人は、じっくり煮込んだ料理のように、なんにでもよく時間をかける。

たとえば人との関係においても初めは用心深く距離を置いて、ゆっくり、じっくりつき合いを深め、いったん関係が成り立つと、ちょっとやそっとじゃぁ、びくともしない。

家族や親戚、友人とも何かといえばすぐに集まって、社交ゆたかで、招待好きで、結婚式、銀婚式、金婚式に続いて、息子や娘の結婚式、孫の洗礼式と、わが家の机の上には招待状が山積みになっている。多い時には午前の部、午後の部、夜の部と三幕かけもちで駆けまわったり、それに葬式が重なれば、車の中で衣装替え、まるで歌舞伎の舞台裏のような騒ぎになる。

夕食会では、招待者側の才覚とやらで会場の入り口に座席表が貼り出されていて、「今日のお相手は?」と貼り紙を見ながら、皆さん楽しそうだが、男女交互に座らされ、男は会話でエスコート、女はそれを巧みに返す、そんな洒落た技など私は持ち合わせていない。

テーブルに運ばれてくるご馳走もろくに喉を通らず、ワインなど嗜めばたちまち瞼がくっついてしまう。眠気覚ましにテーブルの下で足をピンピン動かしていたら、靴がポーン! とテーブルの向こう側に飛んでいったり、ぺらぺら喋っている隣の人の顔が三倍くらい大きく見えて、ろくろ首のように頭がヒューンと伸びてきて、慌ててトイレに駆け込んだこともある。

そのうち夫に「無理しないでいいよ」と言われ、家でゆっくり過ごせるようになって、ほっとはしたものの、すこし孤独でちょっぴり寂しい。

私の実家は小さな病院を開いていて、夕食が終わると父と母は二人で近くのダンスホールにタンゴを踊りに出かけていた。

年の離れた姉たちは、それぞれ自分の部屋で遊んでいて、ちびっこの私は父が出かけるたびに買ってきた人形がいつの間にか三十個にも増え、大きなミカン箱で人形の家を造って、その中で物語を創ってひとり遊びに耽っていた。

初めはちょっと寂しいけれど、そのうち話がだんだん膨らんでくると、母たちがもっと遅く帰ってくればいいと思うくらい夢中になっていた。

あの時のミカン箱が、今はちょっと大きな家になったものの、なんとなく似たような時間を過ごしている。

これを「孤独」というなら、孤独もそう悪くはない。そして、そのことと「孤立」とはまた少し違うのだろう。観えない未知の世界に入って、人間とは別のものとの出会いもある。

第1楽章

游

ヒュルルー　ドーン！　真っ暗闇に花火が舞い上がって、
太鼓の音が鳴り響く、大地の底からマグマが吹き上げてくる。
ハアーーーッ　　　ソイソイ、ソイヤー
男たちの声が、生温い真夏の風の中をかけぬけ、
小さな私は、櫓の上に一目散にかけ昇った。

宮崎市の真ん中を流れる大淀川のほとりに、古い木造二階建ての旅館を改装した小さな病院があった。病室には「桐の間」「桜の間」と名札がそのまま残され、浴衣姿のおばちゃんやタオルを頭に巻いたおじちゃんたちが楽しそうに暮らしていた。

「わたしゃね、先生に脈をとってもらうだけで、心臓がとまりそうだよ」

歌舞伎役者風の顔立ちをしていた父は、おばちゃんたちの人気者。

長州生まれのモダンガールだった母は、機嫌が良いと子供たちに抱きついてチュッチュッとキスをしまくる、西の風に乗ってやってきた魔法使いのようなひとだった。

そんなふたりの四女として、私はこの世に産まれてきたが、今度こそ跡継ぎの男の子をという父の期待を、どうやら裏切ったようだ。「おぎゃー」と声を上げて生まれてきた私をひとめ見た父は、その後二週間、私の前に姿を現さなかったという。

申し訳なく思った母は、私の頭を丸坊主にして男の子の服を着せ、私は近所のおばちゃんたちに「多田病院の末の坊ちゃん！」と呼ばれながら、腕白小僧たちと木刀を振りまわして野山を駆けまわっていた。

幼稚園に上がるころになると、さすがに母も、これはまずいと思ったのだろう。慌てて女の子に仕立て上げ、父は出かけるたびに人形を買って私に与え、男なのか女なのか、身体の中でふたつの性が混乱して、少々男っ気の強い女の子が出来上がった。

小学生のころ、九歳離れた姉が「ピアノを習いたい」と父にせがんで、わが家に小さなアップライトのピアノが一台届いたが、どういうわけか、ピアノの前に座っていたのは姉ではなく、この私である。ピアノをせがんだ本人は、私の横にピタリと座り「もっと指をあげて、もう一度」と、なにやら指揮を執っている。おさがりに慣れてはいたが、これはまずい！

そのうち母が、どことかの娘と私のピアノの腕比べを始め、どっちが夢の音大に通るかなどと、気の遠くなるようなことを言い出した。

冗談じゃぁない！

それでも、ピアノの前で指をあげたり下げたり転がしたりの作業を私はやめようとはしなかった。〝本音をかくして人に寄り添う〟という、おかしな癖の始まりだったのかもしれない。

「きれいな声ね」と人に言われて、中学のころ歌を習い始めた。

言葉が音になって、空気の中にとけ込む、ふんわりとした感触がなんとも心地よく「母さん、音大には歌で行くわ」と、思わず宣言したのはいいけれど、言葉が心と重なり合わないと、そして、いい具合に風が吹かなければ、声が途中で落下する。だから、いつでもどこでも、どんな時でもうまく歌えるわけではない、という弱みがあることには、まだ気づいていなかった。

そうして迎えた音大の入学試験――副科のピアノは意外にも上出来だったが、本科の歌の実技試験で、思わぬ出来事が起きた。

私の前に歌った女性が、曲のクライマックスで歌を中断させてしまったのである。試験官の手が、ササササッと一斉に紙の上を流れた。

背筋がゾッとして、大切な〝何か〟が泡のように、ふわふわっと消えた。名前を呼ばれて、まるで裁判の被告人のように私は部屋の真ん中に立って歌い始めた。しかし、曲のクライマックスにさしかかったところで、ふっと不安な風に吹かれ、波にうまく乗り切れず、後味の悪い感触が残ったまま終わってしまった。

予想通り四年制は不合格、かろうじて短期（二年制）に合格していた。

大学ではむらさき寮という女子寮に入って、新しい友だちもできて楽しく過ごしていたが、肝心の声楽の方は、少々年を重ねられた教授のカツラが、時々ずれて吹き出すこと以外、あまり面白くなかった。

異国から流れ込んできた音楽に、すっと身を任せたつもりでいた。しかしプロを目指し鍛え上げられた学生たちの中で、細く繊細な私の声はとても貧弱に聞こえ、西洋人とは体格も骨格も顔の作りも違う自分が歌うオペラや歌曲にも、何か異質なものを感じ始めた。

教授から曲を与えられても心弾まず、なんとなく歌うそぶりをしていたのだろう。そのうち人前に出ると声が引っ込むというおかしな現象が起きた。なんとか卒業までは持ちこたえたものの、その後、声の泉は枯れ、医者に「おそらく、一生歌うことはできないだろう」と、言われてしまった。

心の中に　いっぱい　ひだ　があって
そこから　泡のようなものが
シャボン玉みたいに　浮き上がってくる
大きいの　小さいの

そのうすーい泡の表面に　微かに映る光や景色
捕まえようと　手を伸ばしたら　パチン！　と　弾けた

声楽の道を諦めた私は、ヤマハ音楽教室の講師となって、吉祥寺の楽器店と東村山市にも出張していた。声はまだ本調子ではなかったが、子供たちやその母親たちにいろいろ助けられ、教室が終わると家に招待されて夕食までご馳走になったりと、楽しい時間を過ごしていた。

「楽」という文字に出会ったのは、そのころである。生徒の母親に誘われて、私は書道を習いに行くことになった。

水と墨が混ざりあう、それをたっぷりと筆に馴染ませ、呼吸とともに、強弱、流れ、止め、切れ、文字が生まれてくる。その高揚感は、私に〝うたうこと〟をふたたび想い出させた。

書道家の木村清臣先生は、若き時代に筆一本でヨーロッパを旅したという、とてもユニークな方で、「あんたの文字は勢い余って、紙からはみ出すから」と、「静瑟」という名前を与えてくれた。瑟とは中国で一番大きな琴で、静なる心で大いなる瑟を弾く、という意味らしい。

ある時、木村先生は「音楽の〝楽〟という文字はね、人と人とが、櫓の上で向かい合って太鼓を真ん中に打つ姿だよ」と、語り始めた。

櫓の上にある「白」という文字、これが太鼓で、その太鼓を真ん中に人と人が向かい合って叩いている。

その太鼓とは、もともと楽器を指すものではなく、「殻を拓く、万物の硬い殻を破って春分に芽を出す音、万物の成長を促す音の意味である」と、ずっと後になって友人が話していた。なんでも中国の古い辞書に記されているらしい。

私の故郷、宮崎には古くから言い伝えられている神話がある。

「太陽の神アマテラスは、弟の風の神スサノオとある出来事で対立し、洞窟の中に身を隠してしまった。世の中は光を失い暗闇になり、どうにかアマテラスを洞窟から出したいと神々らが騒いでいるところに、ウズメが現れ、洞窟の前で踊りを始め、周りの神々たちは歓び声をあげ、その音を聞いたアマテラスは、岩の隙間からそっと顔を出し、ふたたび光が戻ってくる」という話である。

ウズメは洞窟の上に立って、トーーントン！　トトーーントトン！　と、足鼓を打ちながら踊り始めた。

こんな具合に、

天は、鬱陶しく地にかぶさり、人々は地上に柱を立てて、天地の分離をはかった、と、日本の古い書記にそう書かれていた記憶があるが、人の立つ行為を「柱」とすれば、ウズメが洞窟の上に立って「音」が生まれ、そして天と地の分離をもたらし、国が生まれた。と、これも私の勝手な想像である。神話の中ではアマテラスが洞窟から出てきた後に、弟のスサノオに地上に降りるように命じて、日本が創造されたと語られている。

人と人が太鼓を挟んで向かい合うという「楽」の話も、真実なのか木村先生の創造なのか、それは解らない。いずれにしても〝音〟と〝楽〟が集い合い、心が躍り出し、私はヤマハ音楽教室の枠を見事にはみ出してしまった。

生活の中で聴こえてくる様々な音をからだや声で表現したり、詩や絵を描いて音にしたり、子供たちとの音遊びの世界が一気に広がった。

「決められた範囲以外のことは、一切するな！」

楽器店の社長に怒鳴られ、反論した私は即刻クビになり、それに続け！　とばかりに、子供たちが「私もクビ、私もクビ」と全員そろって音楽教室をやめたから、大変なことになってしまった。

「自分がはみだすのはしょうがないけど、あんたは時々周りを巻き込むから、気をつけなさい」と、よく姉に説教されていたが、起きてしまったことはしようがない。

一軒一軒生徒の家へお詫びに周り、そのうち生徒の母親たちが自宅を提供して子供たちのレッスンを続ける、という流れになって、いつのまにか独自の音楽教室が誕生していた。

西洋音楽の本場といわれるドイツへひとり旅に出かけたのは、それから十一年後のことである。

ミュンヘンの国立歌劇場では「椿姫」を上演していた。

半年以上も前からチケットは完売、にもかかわらず、劇場の前は、「Ich suche ein Ticket! 私はチケット探しています」と書かれたプラカードを手にした人々でいっぱいだった。当日キャンセルする人や、チケットを買い占めて割高で転売する人もいるので、それを狙っているようである。

近くの文房具屋に走り込み、「紙とマジックをください」と日本語なまりの下手な英語で言うと、店の御主人が、「チケット待ちかい？　描いてあげる」と、大きなプラカードを作って「首にぶら下げたほうがいいね」と、紐までつけてくれた。

「Viel Glück 幸運を」「Dankeschön ありがとう」

「割高で売りに来る人もいるから、気をつけなさい！」と、劇場に向かって走る私に、彼は大声で叫んだ。

外はしだいにうす暗くなり、開演時間も迫ったころ、劇場入り口の広い石の階段に座り込んでいた私の目の前に大きな靴がピタリと止まった。見上げると品の良い御老人が一枚のチケットを私に差し出している。

「あなたに譲りましょう」

ジーパン姿の私に彼は、一万円ほどでチケットを譲ってくれた。

中に入ってみると、バルコニーの一列目、お姫さままでも座るような特等席だった。いくらお金を積んでも手に入るような席ではない。しかも主演はエディタ・グルベローヴァー、当時のプリマドンナである。そんなことも知らないで、私はただ「椿姫」が聞きたいと何時間も立っていたのか……。

産毛の先まで浸透するような弦の感触、一寸の隙も無いほどの集中感、そして、森にさえずる小鳥のように軽やかでのびやかで、しぜんなグルベローヴァーの声、土の香り、すべてを包み込むような温かく、大地の底から湧き上がってくるオーケストラの響き……。額縁に嵌っていた「西洋音楽」という絵画が〝生きたもの〟として、今、目の前に現れ、自分がまだ観たこともなく、体験したこともない、からだの中で眠っている〝光〟のようなものを感じた。

「この国で、暮らしてみたい！」と、思った。

「気の向くまま、思いのまま、飛んで行ったら帰ってこない、おまえの背中に観音様でもつけておかんと、えらいことになる」。おそらく、飛龍観音の例えだろう。辰年生まれで、時々無鉄砲なことをしでかす私に、父がよく言っていた言葉である。

とにかく一年だけ、という条件で父の許しを得、母はどっかでのたれ死にするかもしれんからと生命保険をかけまくり、翌年の春、私はふたたび日本を飛び立った。

人生の成り行き

語学学校でひととおり基礎的なドイツ語だけは身につけて、私はデュッセルドルフから最初の学び舎のあるシュトゥッツガルトに向かう電車に乗っていた。

週末で車内は満席状態、出入り口も通路も人でいっぱいだった。

隣の席の男性は、膝の上に山のように新聞を積んで、読み終えると一枚一枚丁寧に足元に置き、そのうち床が新聞でいっぱいになった。こういう光景は日本ではあまり見たことがなく「変な人」と思いながら、私は最初の学び舎に提出する履歴書を書き焦っていた。

ドイツ語では履歴書のことをLebenslaufと表現する。Lebenは人生、Laufは流れ。直訳すると「人生の流れ」「人生の成り行き」という意味になる。

電車が、ちょうどコブレンツからマインツへと向かっていた時のことである。「すみません、チョット通してください」と、ひとりの老人が通路を行ったり来たりしていた。新聞の男性が、「どうかされましたか?」と、そのご老人に声をかけると、「荷物を置いて席を外したら、荷物も席も見失ってしまった」という。

「お手伝いしましょう」と言って、「すみません、この隣の席を取っておいてくださいますか?」と、彼は私に声をかけた。

“ja, für immer”と、習いたてのドイツ語をうっかり口走った私に、彼はニコッと優しい笑顔を返し、席を立っていった。と、このあたりから、私の人生の成り行きは、大きなカーブを描き始めたようだ。

初めて彼の住むボンを訪ねたのは、その年のクリスマスの時期だった。

街には、アフリカ系アメリカ人のゴスペル歌手マヘリア・ジャクソンの〝サイレントナイト〟の曲が流れていた。深くしっとりとしたマヘリアの声を聴きながら、「この人の横を、歩いていたい……」と想った。

母に話したら、「ドイツに行ってわずか数カ月――あんた、なにやってんの?」と笑われ、父には「すぐ帰ってこい!」と怒鳴られた。

彼の名前はデーゲンハード、のちに母から「デーゲンさん」と呼ばれるようになる。

シュトゥッツガルトの学校にいったん入学はしたものの、その年ドイツは百年ぶりの大寒波で、マイナス三〇度という寒さが続き、南国育ちの私はたちまち体調を壊してしまった。それから入院、そして手術と、デーゲンさんが雪の中を車を飛ばして迎えに来ていなかったら、私は母の言ったように、のたれ死にしていたかもしれない。「保険を使わずに済んで良かったわ」と、電話の向こうで母の声が震えていた。

その後、デーゲンさんが友人の家でたまたま目にした雑誌をきっかけに、私は音楽治療という世界に出逢った。

雑誌に紹介されていた大学は、経済学と医学を専門としたドイツで初めての私立大学で、音楽治療科は医学部に所属していた。

ドイツでも評価の高い大学で、企業や銀行などの支援も多く、学生は入学金も授業料も免除。ただ、学生の数が他の大学に比べると極端に絞られていたため競争率もかなり高く、受験者は他の大学から転校を希望する人、また社会で実践経験のある人、と年齢層にも幅があった。

小説家ガブリエル・ガルシア＝マルクェスが、「人生は何を体験したのかではなく、どう体験したかにある」と言っていたが、まさにこの大学の試験の第一関門は、人生何をどう体験したかを論文にして提出することで、この砦を通過した数十名が大学に招待され、面接や実技試験を受けることになる。

私は、手術も重なって論文の締め切りには残念ながら間に合わなかった。というより、自分には乗り越えられないほどの高い垣根、と思う気持ちが私の中の本気を妨げていたのだろう。

だから、デーゲンさんが私の手書きの論文を知らない間にタイプで清書して大学に提出し、その後大学から第一関門突破の知らせを受け取った時は、驚いたと同時に戸惑ってしまった。机の作業が大嫌いな彼が、私の下手なドイツ語をどんなに苦労して、あの不器用な手でタイプを打ったのか、と思うと涙が出てきた。

彼が架けたその橋は、どんなことをしても渡らなければ、と思った。

しかし、少々気が焦っていたのか、私は入試要項を大幅に読み違え、しかもそれに気づいたのが当日の試験会場という大失敗をしてしまった。

呆然としていた私に、ひとりの女性講師が声をかけてきた。

「やれる範囲でいいから、即興でも何でもやってみたら？　ピアノ実技の曲は、この中から弾けるものを……。三〇分あげるから練習して」と、彼女は数冊の楽譜を私に手渡した。私は、ピアノ実技の三曲を読み落としていたのである。他にも小さな勘違いがいくつかあったが、規定や形にこだわらない、自由な空間を彼らは私に与えてくれた。

ひとりの学生に真正面から向かい合う彼らの姿勢に私は感動していた。

この大学で優秀な学生が育つ意味、また優秀とは何かも、そしてドイツ社会は、企業や病院は、どのような人材を求めているのか、この時の体験は心に深く刻まれている。「乗り越えられない垣根なら、後ろからゆっくりまわればいい。ノブヨの声は、きっと彼らにも響く」。そのデーゲンさんの言葉のとおり、奇跡が起こった。

学長のシリーさんが言っていた、「私たちは、天使の力が欲しいのです」。観えないもの、聴こえないものに触れる力、天と地の間で、その橋渡しをする力。その意味が理解できるようになったのは、それからずっと後のことである。

一年で帰る、という父との約束は守れなかったが、ちぎれた凧糸が、なんとか一つの枝に引っかかったと、父も少しほっとした様子だった。

「学ぶのはいい、しかしドイツに嫁ぐのは、お父さんは反対する」と、頑固に言い張っていた父は、「それでも、二人で宮崎に来るから」と、私が言い張ると、慌ててドイツ語を習い始めたという。

ドイツという国は、父にとっても想いの残る国だった。

解剖外科医として長崎の大学病院で講師を勤めていたころ、彼は大学の推薦でドイツの外科医ザウワーブロッホ教授のもとに留学が決まっていたらしい。しかし第二次大戦が勃発して渡航は中止され、その後、長崎に原爆が落とされたあとの救助に駆けつけ、彼自身も被曝をして宮崎に帰郷している。

原爆当日、幸いにも父は長崎に居なかった。数日前に母が疎開地の山口から父に会いに来て、戦禍の危うい中、父は母を山口まで送ることになった。被曝したのは、原爆投下から数日経った後のことである。

父は昔取った杵柄もあって、宮崎にやってきたデーゲンさんにドイツ語でその時のことを語り始めた。

高揚した面持ちで聞いていたデーゲンさんが、

「私がミュンヘン大学の法学部で学んでいたころ、ザウワーブロッホ教授の元で長年秘書を勤めていた女性が定年後ミュンヘンに帰省し、その彼女の家の二階に私は下宿していました」と言った時は、父も母も、私も驚いてしまった。

時間の流れが、歴史という一本の線上から放たれて、過去、現在、未来の「今」が、宇宙の星屑のように散らばって、新たな出会い、繋がりをもたらす――と、そんなことを感じたのは、私だけではなかったようだ。

ドイツに戻る前日、父は、私を診察室に呼んで、

「学ぶことはどうでもいい、お父さんは、彼と早く結婚したほうが良いと思う」と言

いだして、思わず吹き出しそうになった。

その時の父の真面目な顔は、多分一生忘れない。

そして、父が叶えられなかった夢、なんとしてもドイツの大学は卒業してやろう、と思った。

空を見上げると
オレンジ色の夕焼けの中に、ちぎれ雲が拡がっていた。
こんな空をドイツの人は、die Engel backen Plätzchen
「天使がクッキーを焼いている」と呼ぶ。
クリスマスが近づくと、天使たちは真っ赤に燃えるオーブンの前に集まって、クッキーを焼いている、というお話……

die Engel backen Plätzchen

ある冬の夕方、デーゲンさんは、ボンのアパートの前の自転車置き場で大きな荷物を持った男性がウロウロしているのをみかけた。

「どうかされましたか？」と、彼が尋ねると、その男性は、「部屋の鍵を無くして家に入れない」と、少々くたびれた様子で応えたそうだ。

デーゲンさんは、その男性を部屋に入れて温かい飲み物をだし、男性はそれをちびりちびりと飲みながら、昔の思い出を話し始めて、デーゲンさんはいつのまにか眠ってしまったようである。

翌朝起きると、男性の姿はなく、ドアの外ではアパートの住人たちの騒がしい声が聞こえてきて、警察まで来ていたとか……どうやらその男性、泥棒だったようだ。

デーゲンさん自身は被害はなかったものの、泥棒をひと晩泊めたというので、ご近所や警察からえらく説教されたそうである。

「クリスマスが近づいて、彼は家族への贈りものを探していたのかもしれないね」と、後で、そっと話していた。

ドイツには今もなお、貴族社会というものが存続している。デーゲンさんもその出身だが、しかしだから、この悠長な性格というわけではない。貴族の中には、広大な農地を所有し大きな邸《やしき》に住んでいる人々も少なくないが、決して華美ではなく、むしろ質素で慎ましい生活を営んでいる。形や礼儀を重んじ真偽をわきまえる、という彼らの人間性はなんとなく日本の武士を思わせるものがある。シンデレラや白雪姫などのお伽話のようなものでは決してなかったが、私が入り込める世界ではない気がしていた。

後に、デーゲンさんが父方の家を相続することになった時、私は大学に残って仕事を続けるつもりで準備を始めていた。

またひとりになる、寂しいけれど、そのうちきっとまた楽しくなる。年の暮れ、卒業間際のことだった。

「だったら僕も、邸の相続をやめよう、年が明けたら伯父に話す。とにかく一緒に歩くと決めたのだから……」と、デーゲンさんが言い始めて話がもつれ、そうこうするうちに、伯父さんは早々と天国に旅立ち、瞬く間に事が進み始めた。

それまで勤めていた財務省をデーゲンさんは辞めて、邸から二十五キロ離れたミュンスターという都市の財政裁判所の裁判官に転職した。法律家と邸の後継者としての役目、この二足の草鞋を履いた人生が動き始めた。

邸は国の重要文化財であるため、維持をするにも多大な費用がかかり、かといって修繕しなければますます廃墟と化していく。家業の農業経営も赤字続きで火の車だった。

従業員たちも家族が食べていけるだけの収入で満足していた時代ならともかく、戦後、人々の生き方も経済観念も大きく変わり、農機器の開発も進化して農業の在り方や人材も変えなければならない。農林業の収入だけですべてを賄う余裕もなく、歴史ある建物も次々と市に献上されたり、または博物館や観光用の建物、施設や病院、あるいは資産家に買い取られて別荘やホテルなどに姿を変えている。畑や森を人に貸して、その収入で維持費を補うという方法を取らざるを得ない領主も増えてきた。

しかし、いったん人に貸した土地はその畑に何を植えようが持ち主は口出しできないし、ゴルフ場にでもなれば、多量の除草剤が土地に流れる。

合理性を優先してトウモロコシ畑を拡張する農家も増え、もちろんトウモロコシは酪農地域では豚の餌やバイオガスに活用できるから売れ行きも良いという利点があるが、それを長く続けると土の質を変化させる。また狐にとっては、高く飛べない雉や鹿を獲物にする恰好の場になり、自然の循環性を考えるとあまり好ましいことではない。それに背の高いトウモロコシが夏畑の風景を占領して、風にたなびく小麦や大麦、ライ麦畑などの凹凸がなくなるのも残念なことである。

デーゲンさんは、それらをすべて考慮しながら邸の財政立て直しに挑もうとしていた。

邸の裏門を通り抜けると、森に入っていく
森の奥には、小さな泉があって
ポコッ、ポコッ　水の波紋が微かな音をたてながら、幾重にも拡がっている
氷河時代、この辺り一帯、海だったらしい
ぷくぷくぷく……　白い砂が　水面に湧き上がっては、消え、また浮き上がり
泉のほとりのブナの樹に寄りかかって
私は何時間も水のうごきを眺めていた

声楽家を目指し、治療家を目指し、辿り着いたところで、すーっとまた道が消えていく。水面に輪を描く、この水の波紋のように——
それでも、泉は　また湧き上がってくる、何万年も、何億年も前から
ずっとそうであるように

「ここに生きてみよう……」と、思った

教授が言っていた。

「音楽治療家として生きていくのもいいけれど、日常に生きてみるのも悪くない。研究論文より、あなたらしいものが描けるかもしれないな」

日常とは、ドイツ語でAlltagsleben アルタークスレーベン、Alltag（すべての日、一日一日）と、Leben（人生、いのち、生活すること、生きること）がSでつながっている。

ハーマンの森

游というのは、自分の住んでいる場所から出行するという意味である。
それは、絶対の自由とゆたかな創造の世界を示している。

白川　静

第2楽章

樹木の丘とハウスハーマン

絵を描いている時の母の顔は、ふっくらと優しく、とても幸せそうだった。

水彩画、油絵、ちぎり絵、なんでもサッサッサッと、まるで魔法使いのように描きあげて……そんな母の傍らで、私も何やら描いていた。


大きな樹木に囲まれた赤い屋根の家、屋根の上の煙突からモクモクと煙がたちのぼり、家の周りには川が流れ、空には鳥が舞い、柵の向こう側に牛や羊たちが遊んでいる。

母の美しい契り絵で仕上げられたその風景は、私の部屋のベッドの上に飾られ、三十年後の未来へと時が動き出した。

ハウスハーマン

ドイツの北西、ヴェストファーレン州にあるミュンスターランド、ヴィラベックという人口一万人ほどの小さな街の外れに、ハウスハーマンという古い邸が在る。牧羊地帯であるこの辺りはバウムベルゲ〈樹木の丘〉とも呼ばれ、ゲルマン時代、ドンナーという雷の神が、この辺りに降臨したと言い伝えられている。そして、そのドンナーがいつも携えていた小槌が「ハーマン」の語源だと言われている。

十三世紀半ばになって貴族と呼ばれる騎士群がこの土地を制し、ハーマンの聖地は戦乱に巻き込まれ、内堀や砦が築かれた。十六世紀から十七世紀後半になると、コの字型の本館と邸を囲む外壁も築かれ、ハーマンはブルグ（城）と化した。

そして、アメリカ大陸がコロンブスによって発見された翌年の一四九三年、砦の南側に村の人々の祈りの場としてカペッレ（小さな教会）が建立された。聖母マリアの母の名を取ってアンナチャペルと名づけられている。

十年ほど前から、年に一度、アンナの聖日には、街のご老人たちが集まってミサが開かれるようになった。

「あのころ、私は、まだ小さな子供でね……」と楽しそうに話しながら、彼女たちは当時のミサ曲を声高らかに歌い始める。

アンナチャペル

雷の神ドンナー

デーゲンさんに邸の屋根裏部屋に行ってみようと誘われて、おそるおそる細い階段を昇っていくと、半世紀以上、人が立ち入っていなかったのだろう。床はガタガタに壊れ不気味な気配が漂っていた。

スーッと後ろをなにかが通った気配を感じて、サッと振り向くと、目の前に一冊の本が落ちてきた。

「百年位前の辞書かな?」と、デーゲンさんが開いてみると、まるで見てくださいと言わんばかりに、そこには雷の神ドンナーの話が記載されていたのである。

ドンナー(別名トアー)は、ゲルマン神話の中でも二大神と言われていた。

ドンナーは赤髭をつけた大男で、大空を馬車のようなものに乗って駆け巡り、大地の守り神、民や家族の守り神として人々に敬われていた。しかし、土地を荒しまわって民を苦しめていた大蛇(ドラッヘン)と戦い、相打ちで命を落としてしまった。

なんとも短く纏められた、あっけない結末である。

「これでは腹の虫が治まらぬ」と、ハーマン六代目の女将は、筆を執った。

ドンナー伝説の後日譚

雷の神ドンナーと大蛇ドラッヘン、実はあの戦いの最中オルカーン（竜巻のような強風）に巻き込まれ、東の彼方に飛ばされていたのです。

大蛇は手足をもがれ、髭のある奇妙な魚「鯉」に姿を変え、深い森の川で暮らしていました。

ある夏のこと、長い日照りが続き、土地も畑も乾き、水も食料もなくなった村人たちは餓死寸前という危機に襲われました。

困り果てた東の国の神々は、日向の海で身を休めていた雷の神ドンナーに助けを求めます。すると瞬く間に、空にもくもくと雲が広がり、ゴロゴロッ！と、雷が響き渡り、稲妻が天空を走り抜けました。その稲妻の階段をスルスルッと昇り上がる、それは、なんと鯉に身を変え山奥に潜んでいた大蛇でした。

大粒の雨がそれから何日も続き、土地を潤して、人々の命は救われ、その後、東の国の人々は、雷を豊かな自然の恵みをもたらす神として祀り、大蛇もまた龍と呼ばれ人々に愛されるようになりました。
それから雷の神ドンナーは、太陽の神アマテラスや風の神スサノオとともに、東と西を行ったり来たりしている、というお話です。

おわり

西洋ではドラッヘンは悪の象徴〈サタン〉と呼ばれ、旧約聖書にも大天使ミカエルによって退治されたとあるが、日本の伝説の中には、恐ろしいもの、悪の象徴などを退治し遠ざけるだけではなく、その力を転化させて共有していくという物語は数多く存在する。

暑い夏の夜、私と三番目の姉は二階のベランダで大の字になって涼んでいた。寝つきの良いふたりはそのまま眠り込んでしまい、すると、空の向こうでゴロゴロ！　と雷の音がして、それからぴかっと稲妻が光って大粒の雨が降ってきた。
父がものすごい剣幕で二階に駆け上がってきて、「臍を取られるぞ！」と叫んでいたが、ひょっとしたら、あの時、私はドンナーに臍をもっていかれたのかもしれない。

光とドンナー

ハーマンの台所

デーゲンさんと私が来た当時のハーマン邸は、暖房設備もなく部屋中かびが蔓延って風化寸前の状態だった。

街の案内書には〝廃墟ハーマン〟と記されていたが、まさにそのとおり。

百年前の台所が、そのまま残されていた。

台所は一階にあり、上階の邸の家族の住まいとは区別されていた。料理、洗濯、いわゆる日常の音や香りは、彼らの暮らしの中では遠ざけられていたようである。


朝一番、台所番人が台所に入って、長さ三メートル程の竈に木くずや薪を入れ、大きな鍋でお湯を沸かす。それから花嫁修業として料理見習いに来ていた村の若い娘たちの賑やかな台所の世界が繰り広げられる。

吹き抜けの高い天井の隅っこに、コック長の監視窓といわれる三〇センチ四方の小さな窓がちょこんとついていて、お腹のでかいコック長が椅子に座って、気持ちよく居眠りでもしていたのだろう。

台所の奥の梯子のような細長い狭い階段を上がると、小さな洗面台と木製のベッドがついた、桃色、黄色、水色と色分けされた小さな部屋が三つ、まるで童話の世界のように並んでいた。娘たちが寝泊まりしていた部屋らしい。

「昔はね、たくさんのハウスメートヒェンたちがいてね（家事手伝いの娘たちのことである）、甘露煮にしたプラムをグラスに詰め込んで冬の貯蔵食を作って、棚いっぱいに並べて」と、先代の妹イレーネ叔母さんが懐かしそうに話していた。

「でぶっちょの料理長、口うるさい家政婦長、娘たちは山ほどの洗濯物を重そうに庭の小高い場所まで運んで干していたよ。ほら、あの大きなブナの樹が立っているところだよ。昼休みになるとあの樹の下に座って布に刺繍をして――。貴女にあげた十二枚の布巾、私のイニシャルが入っていただろう」

当時、娘が嫁ぐ時には、シーツ、テーブルクロス、サビエット（ナプキン）、台所用布巾などに娘のイニシャルをつけて、母親が十二枚二セット持たせていたそうだ。

七人兄妹の末娘だったイレーネは、母親の看病で婚期を逃し、〝I・T〟のイニシャルのついたイレーネの分は、六十年もの長い間、長持に大切にしまい込まれていた。

そのころ、邸には先代の妻エレオノーラ（愛称ノリ）七十八歳と、先代の妹イレーネ七十六歳、そして管理人夫妻とその子供たちが暮らしていた。

ノリは再婚で、ひとりの娘を連れて先代に嫁いできたが、邸に入るなり先代の母親と小姑のイレーネに、自分たちの大荷物を部屋まで運ばせたというハーマン伝説がある。以来イレーネとノリのいがみあいが始まったようだ。

コの字型の邸の半分はノリの住まい、あと半分はイレーネの住まいと、どちらも譲りそうもなく、私たちは空いていた小さな部屋でしばらく暮らすことになった。

五年の月日が流れ、ハーマンの農業経営もなんとか赤字を乗り越え、廃墟と呼ばれたハーマン邸は大改装にふみ込んだ。

ノリがこの世を去った翌年のことである。

「台所は、私たちの住まいの〝真ん中〟につくりましょう！　そこから、生活のすべてが広がっていくように……色は、そうね、深い〝空〟のイメージにして！」

右に行けば女主人、左に行けば家事掃除、前へ向かって音楽家、真ん中に戻ってひと休みと、一日いくつもの役をこなさねばならないが、役者が様々な役に挑戦しながら自分を育てていくように、人生いろんな〝役〟を持って生きてみるのも悪いことではない、毎日いろんな面を取り換え引き換え、それもなかなか面白い、と思ったのも、ほんのつかの間のこと——。

ドイツ中の貴族と名のつく人々は、ほとんど親戚のようなもので、近くで結婚式や葬式や、さまざまな行事があるたびに、わが家に押し寄せてきた。

「近くに来たのに、素通りするのは失礼だから」

「いえ、するりとお抜けいただいても、まったくさしつかえないのですが……」

シーツの取替えから食事の世話まで、まるで旅館の女将のような騒ぎになってきた。

昔と違って料理長、それに家政婦長なんていやしない。

ノリから引き継いだ若い家事手伝いの女性は、料理はしません、客が来ても接待はしませんと、午前中二時間、終わったら「帰ります」と、なにがあろうと、たとえ私がひっくり返ろうと、「それは私の範囲ではありません」ときた。

腹を割って話そうものなら、まるでびっくり箱を開けたかのような予想もつかない言葉が相手の腹から飛び出してくる。

「相手を理解する、理解すれば腹の立ちようが変わる、つまり一本の樹をあちらから観るのと、こちらから観るのでは景色が違う、そのように考えれば、腹も立たない」とデーゲンさんは言うが、理解で解決できるような問題でもなさそうである。

ドイツの人たちがよく口にする「それは、私の範囲ではありません」。その言葉を耳にするたびに、身体から湯気が沸き上がる。

「私は事務員ですから、自分の机の上の埃も拭きません。掃除は私の仕事ではありません」そして医療の現場に行けば、「私は看護婦だから介護はしません、給食運びの手伝いもいたしません」と、通常以外のことを要求すると、しばし考えて……そのような返事を返してくる。この間、彼らの頭の中では何が働いているのか？　利、不利を測ってるのか、それとも自分の境界線でも確認しているのだろうか。

周りを海に囲まれた日本と違って、ヨーロッパは地続きで様々な国が隣り合わせにある。しかも旧ベルリンのように、その間に厚い壁が在るわけでもなく、国境に目に見えるような一本の長い線が引かれているわけでもなく、車で走ると思わず見逃すくらいの小さな看板ひとつで国境を自由に越えられる。私の国はここまで、ここから他国です、と「私」と「あなた」の間に線を引けない歴史の中で生きてきた人々が作った、心の境界線か？

しかし、自分に課せられたこと以外は目も耳も鼻も利かせない、その機能を活用させずにいれば、自ずとそれらは退化するだろう。つまり気を利かせねば、気は退化する。それも身体にとって、良いことでもなさそうだけれど……。

疲れると、よく空を見上げた。様々に変化する空の色、雲の動きを眺めながら、母の言葉を思い出した。

「どんな〝面〟も本気でやらねば、ひとつの役をやりながら、他の役が顔を出すのはまずいよ。何で私がこんなことやっている？　と、腹が立ってくるからね」

観えない中心の存在

河合隼雄の著述に「中心に何らかの強力な存在を置き、それによって全体が統合されるわけではなく、中心はあくまで無為であり、空であるけれども、それを取り巻くいろいろな存在の均衡によって全体が成立していく」という一節があり、これを「中空性」という言葉で表現している。

アマテラスとスサノオの神話でも、登場するのは太陽の神アマテラスと風の神スサノオだけで、ツクヨミという月の神の存在がその中心に在ったことはほとんど触れられていない。

日本と西洋クラシックの音楽の在り方においても、西洋音楽では、真ん中に指揮者が立ってオーケストラを率いているが、日本古来の音の世界では、それぞれの楽器が独立して奏でられ、その中で自ずと全体の調和ができる。つまり中心は、あくまでも「無為」であるけれども、それを取り巻くそれぞれの存在の均衡によって成り立ち、また相反するものの共存を許しながら、調和が生まれているのである。

ここで興味深いのは、ドイツで生まれ育ったデーゲンさんの中に、その「中空性」のようなものが観えたことである。もちろん本人は無意識だが、彼は常にスタッフそれぞれの個性を活かし、また相反するものの共存を許しながら全体の調和を図る、その中で彼自身の位置を成り立たせていた。ただ周りが「我こそは」では、まったく話にならないが……。

農業経営が軌道に乗り自宅の改装も終わったころ、デーゲンさんは、連邦裁判所の裁判官に推薦された。日本では、裁判における最終上訴審は、最高裁判所で審議されるが、訴訟の数が日本に比べると何十倍もあるドイツでは労働、行政、社会、財政、民事刑事と五つの連邦裁判所に分かれていて、それぞれの専門の裁判官によって最終的に審議される。財政専門の彼は、ミュンヘンの連邦財政裁判所に異動することになった。

法律家としては名誉なことだが、ハーマンを放るわけにはいかない。ヴィラベックとミュンヘンの距離は七五〇キロ。空を利用しても陸を走っても七時間から八時間を要するこの距離を、毎週行ったり来たりの生活が始まった。

河合氏は「中心なる存在が観えなくなると、全体のバランスが崩れる」とも述べているが、ハーマンも見事にその穴に嵌ったようだ。

以前この地域で最高級の牛を育てたという自信家のポーさんと、農業主任のボブさんとの間に、いざこざが起こり始めたのである。

自分が正しくて相手が間違っていると、何かというと彼らは善悪をつけたがる。そしてやっと一つ片付いたかと思っても、他の善悪を見つけてはまた争い、デーゲンさんは毎週自宅に帰るなり、彼らの Scheiße! シャイセ! シャイセ! の泡を浴びせられた。(シャイセ!というのは、日本語に訳せば「くそ!」の意味で、激怒した時、自分の思うようにならない時にドイツ人がよく使う言葉)

裁判官という仕事を抱え、農林業の経営もどうにかうまく軌道に乗せ、そのうえ従業員のいざこざまでも、納得いくようにとことん話を聞く。

どっちが正しいとか、正しくないとか、どちらかに移動したところで問題は解決しない。もう少し視野を広げて、すべてをもって〝ひとつ〟としなければ……と、そんな言葉など、彼らは一向に聞く気配もなく、自分の領域を守りたいがために、声を張り上げる。

怒りの波動は恐ろしく、終いにはデーゲンさんの胃の噴門が破裂し、それでも喧嘩をやめない二人に向かって、私の龍が、火を噴いた。

"Ruhe! Halten Sie ihren Mund!" 静かにしろ! だまらっしゃい!

「あんたたちの Scheiße!(クソ)は自分で始末しろ!」

彼らに抜刀せんがの如く、凄まじい声がハーマンの天井を突き抜けた。(ちなみに、

Scheiße! は、女性が使うのはタブーである）
赤鬼のように顔が真っ赤になったボブさんは、翌日辞任。
勝ち誇ったような顔をしていたポーさんも、数年後にはハーマンを去ることになった。
小さな街では、すぐに噂が広まる。「ハーマンの小さなサムライ？」誰のことかと、びっくりした。

即興の始まり

ある日、一羽の傷ついた鷹が、森の奥の小川の淵に蹲《うずくま》っていて、かわいそうと手を出そうとすると、鷹は慌てふためいた。

デーゲンさんは、そのままにそっとしておくほうがいい、静かにここを離れよう、と言った。

数時間後、わが家の裏庭から、甲高い声が聞こえてきた。

死にかけた鷹を森でみつけ、哀れに思って家につれてきた、と、ブルネン夫人が叫んでいる。えさや水をあげようとしたが、鷹は恐怖のあまり何も口に入れようとしない。

飛べない羽根で逃げようとするので、家じゅう羽根が散らばって、困り果てて近くの獣医のところに彼女は駆け込んだらしい。挙句の果てに鷹は注射で殺された、といかにも悲しげな顔で、彼女は話していた。

デーゲンさんが、珍しく大きな声を上げた。

「自然の動物はその生命の最後をしぜんに受け容れている。それは、もっとも静かな瞬間である。その命の厳かさを人間もわからなければならない」

鷹の最後は、ただただ、恐怖であったにちがいない。

さて、この甲高い声をあげていた御婦人、ノリが亡くなった後、イレーネを通じて鉄砲玉のように飛び込んできて、やせっぽちの夫を管理人に仕立てた太っちょのカミさん、ブルネン夫人である。

庭の木の実、野イチゴ、森のブルベリー、果実、鳥より早く摘み取って、「八年分の保存食を作ったわ」と歓声を上げ、それから裏庭の物干し場を占領し、その横に花畑、野菜畑を作って「ここは私の領域です」と立ち入り禁止の立札まで立てた。

先代の妻ノリが亡くなった時、イレーネが、墓には名前は要らないね、「私」だけで充分、と言っていたが、ブルネン夫人の顔にも「私」を貼り付けてやろうかと思った。

五年、六年と月日が経ち、ブルネン夫人の「領域を広げたい願望」は、さらに強まり、初めのうちは楽しそうに眺めていたイレーネが、ついにブルネン夫人と気を合わせてきた。
「我の強いノリの傍で、私は四十年も仕えたのだから。貴女は、たった十年でしょう」
と、それは、矢の向けどころが違うんじゃぁないか？

森に駆け込んで、大声を出しながら木刀を振り回しては、デーゲンさんに「鹿の胎教に悪いですよ」と注意され、音楽室に駆け込んで、ピアノに向かって怒りの声を張り上げていた。

指が鍵盤の上へ下へと転がって不協和音が連発して、腹の中からまるで獣のような声が飛び出してきた。

ああでもない、こうでもない、こうしなければ、こうでなければ
ありとあらゆる「わたし」の想いが、もくもくと灰色の雲のように
声と共に、上へ上へと昇っていく
そして、空のむこうのほうに届いた！
と、その時
真っ黒い塊が空いっぱいに広がって、それから、サーッと左右に消え去り

私は、うえから下界を眺めている
ひとすじの水が　スーッと、天から地上へ落ちた

即興の後のメモより

十年後、ブルネン夫妻はやっと近くの農家の別宅に引っ越し、そしてまた一年も経たないうちに家主と衝突して、別の処へ移ったようである。

ボブさん、ポーさん、ブルネンさんやイレーネとの間に起こった出来事は、私を即興の道へと導いてくれた。

生活の中でも、また社会の中でも、そう易々と本音は出せない。スタッフにもの言う時には、いつも夫に言葉を確認して、正しく伝える。常に冷静に、感情を露わに表現してはいけない……そして、意見や考えを言えば、必ず反論がかえってくる。

私の声は、埋もれそうになっていた。

ピアノに向かって思いっきり声をあげ、からだの中に蠢くものどもが次々に吐き出されると、何かが少しずつ変わっていった。

ある日の午後、畑道を散歩していると、デーゲンさんが、向こうの方に、ふわふわっと立ち昇っているミスト（肥し）の湯気を指さして、

「失敗した時、ミスト！　と言うけど、でもこのミストで畑は育つんだよ」と話し始めた。

私は、数年前ヴィラベックの樹木の丘にバイオガスの装置が設置されたことをふと想い出した。

「人間の中の怒りや憎しみ、悲しみ、嫉妬、捨てても捨てても浮上してくるものを、うまーく発酵させてエネルギーに変換できないかしら……」

「そうだな、大切なのは過程かな？　発酵には適度な Wärme（ヴァルメ・温かさ）が必要だから……」

私はどのように調整されている?

治療家になって間もないころ、私はスイスで行なわれた声楽のマイスターコースに参加したことがある。

“Wie bin ich gestimmt”（私はどのように調整されているのか）という素敵なテーマを企画したのは、スイスの声楽家カトリンと彼女の友人で心理学者のモニカ、そして、ピアニストのアンドレアスである。

歌うことにふたたび挑戦したくなった私は、フォーレのレクイエム、アリアを片手に勇んでスイスまで出かけて行った。ところが、ゼミナールはなんと公開形式で、受講者たちがずらりと並んで聴いている前で、私の声は見事に引っ込み――そして、自分でも思いもかけないことが、そこで起こった。

子猫のミュアーンより小さい声に絶望した私は、機関銃を振り回すようなアクションをして大声を上げた。伴奏者のアンドレアスが、それに反応してグシャーン！　とピアノを叩き返した、かと思うと、気が狂ったようにピアノを弾きまくり、まるでレクイエムの真っ最中に教会が襲われたような、凄まじい即興が展開したのである。歌のマイスターコースで、こんな事態になるとはカトリンもモニカも、アンドレアスでさえも想像していなかっただろう。

激しい掛け合いはやがて治まり、アンドレアスの調子が変わった。

音大時代カツラをずらしていた先生に「貴女には、こんな曲が似合うわ」と、よく言われていた、モーツァルトのオペラのような旋律を軽やかなタッチで彼は弾き始め、私は思いつきの言語でなんとも心地よく歌っていた。即興だからそれらしきもの、と言ったほうが正しいだろう。それから急に涙が溢れ出して、私は床にうずくまり――

〝大切なものが死んだ〟と、想った。

それからしばらくして、私は立ち上がって準備していたフォーレのアリアを歌い始めた。カトリン、モニカ、アンドレアス、参加者のみんなの目には涙が溢れていた。

「これからは、即興だけやればいい、いつか、あなたの歌が生れる時がくる」と、別れ際に、カトリンが、そう言った。


「声」をドイツ語ではStimmeシュテインメと言って、意見、意思という意味もあるが、その声が動き始めると（動詞形）stimmenシュティンメン、意味は、調整する、調律する。動詞のシュティンメンが現在進行形になるとStimmungシュティムング、気配、気分、雰囲気、調子という意味になる。

つまり、声が動き始めると調整され、気配、気分、雰囲気が生まれる。

逆に、気分やその時の調子が調整されれば、声は変わる。

風で波が動くように、森の樹々がざわめくように、波が岩にぶつかって音が出るように、人の声も、周りの気配や雰囲気、「場」によって、向かい合う相手によって、その音が変わる。調子に乗ったり、乗らなかったり、それはあたりまえのことだろう。

みみを澄ます

故郷宮崎の海岸には鬼の洗濯岩とよばれる岩場がひろがっていて、学生時代、私はよくそこに何時間も座り込んでいた。

海の水面から光や波の動きを通して、その海の底の世界を覗きこむと、はっきりは観えないけれど、見えないからこそ、みみ〈身の身――からだのもうひとつ奥のからだ〉を澄ませてみたくなる。

みみを澄ます――この「澄ます」を、ドイツ語で表現するのはとても難しい。klar machen クラールマッヘン、klären クレーレンという言葉があるが、それは明確にする、理解するという意味になる。このドイツ語の「クレーレン」と、日本語の「澄ます」の間に、音楽治療というものが存在するのではないか、と、私は想っている。

堀に浮かぶ紅葉

学生たちとの声の即興

当時、ミュンスター大学の哲学科に音楽療法科があって、そこで私はしばらく学生たちの「即興」の講義と実技の授業を担当していた。

哲学者・佐藤通次の「武道哲理」に次のような一節がある。

吾々の各個は、地上のどこに移動するも、常に地表（地球の表面）の中心に在り、自己を中心として他の一切をその周囲に配置する。すなわち人は、みな「自己中心的」存在なのである。これは生きとし生けるものの宿命である。…中略…人間は、生物進化の頂点に立つが、低い段階を遊離して頂上に立つのではなく、一切の段階を基礎として内に含み、どの段階をも貫いている。…中略…ドイツの思想家オズヴァルト・シュペグレルは、人間を猛獣中の最も獰猛な猛獣であると定義したが、人間が生物界に厳存する低次面を無視して平和的想念にふけるのは、人生のプラスとはならない。

佐藤通次ほか著『武道の神髄』日本教文社

学生たちの多くは、客観性を尊び、感情を抑制し、わがままや自己中心性を強く批難する傾向にある。しかも西洋と東洋の歴史的背景、また宗教的な背景の違いもあり、さらに「自己」の捉え方も異なるゆえ、右の引用をそのまま彼らに伝えることは控えていた。学生といえども、いやむしろ学生だから議論をし始めると、とても太刀打ちできるものではない。

ただ、表現する――表を現すだけではなく、横も裏もその奥も、自分の中のありとあらゆる「面」を現してみる、いろんなものが浮上してきたとしても、それは終点ではなく途中経過として認識してみようと、その辺りから彼らとの実践が始まった。

まずは、二人ずつ向かい合う。いきなり顔と顔を向かい合わせないで、相手と背中合わせになって、自分の身体の中の音に〝みみを澄ませる〟

相手の背中の温かみや呼吸を感じ、互いの背中の様子が変化してくるのを感じていると、ため息が出たり、そのうちしぜんに声が出てきたり、それらの波動が互いの身体に伝わってくるだろう。

触れ合っている背中が離れたくなったら、間をもち、距離を保ちながら向かい合う。それから声と声が絡み合ったり、摩擦が起きたり、激しくぶつかり合ったり、様々なことが起き始める。

時には、なんらかの現象や映像が観える、ということもある。

その時「どういう意味？」と思考が働き始めると、その瞬間から声も動きも遮られる。おそらく解釈や理解は、現象を〝存在するもの〟として自分のうちに引き寄せる。そして外の要因が自分の内の要素と組み合わさると、様々な感情も発生する。

即興は、引き寄せではなく、放つ、自分に引き寄せてきたものが放たれていく「時」で、それらがばらばらに放たれると、どこからか新たな気づきが降りてくる――と、これは私自身の体験を通じての言葉である。

いずれにせよ、即興に身を投じる時は、みみ〈身の身〉を澄ませる。

夢遊的な感覚に陥ったり、他の人の模倣に乗じると、とてもおかしなことになってしまう。

ドイツでは「芸術」のことをKunstクンストと表現するが、それを形容詞化すると、künstlerischクュンストラーリッシュとなり、これは「芸術的な、創造的な、美的な」という意味になる。この言葉によく似た言葉で、künstlichクュンストリッヒというのがあって、こちらは、作為的、人工的、不自然、と、まったく違った意味になってしまう。ほんの一寸の油断で、創造的な世界も作為的な罠に嵌りかねない。

芸術は、最後の一歩にご用心！　と、言葉の歴史がそう語っているようだ。

学生たちとのセッションは、やがて声の自己体験へと発展していった。

治療家として人の声と向かい合うためには、まず自分の声に向かい合うことが大切である。

「からだ」には様々な振動、波動が蠢いている。生まれ育った環境、文化、生きてきた環境、それ以前のものもあるのだろう。

人間の根底にある「怒り」その奥には、時には深い悲しみや痛みも存在する。

それらが感情とともに表面に浮上してきた時、それを感じ取り受け入れる、そうして初めて、外のものとも向かい合うことができる、ということを私も体験してきた。ただ、それにはは時間がかかるし、三か月ごとにメンバーが入れ替わる大学のゼミでは、それらはいつも中途半端で終わっていた。

味噌だって最低一年は仕込まねば旨みも醸し出せない。途中で空気に触れたら食っても食えぬ不味さになる。声の自己体験もまったく同じで、日本人の場合は意外にも早く感情が出される傾向にあるが、ドイツ人はなかなかそうもいかず、ようやく内から感情が溢れ出す、その真っただ中で授業が終わっては、猛獣を世間に放り出すようなものである。

大学側にゼミナールの期間規定の変更を申し出てはみたが、結果はNO！

「やれる範囲でやってくれ」

学業というものは、今やどの国においてもハイテンポで進んでいく。早く学ばせ早く卒業させ、一人前に仕立てて社会に出す。

仕方ないから、ゼミを自宅ハーマンの音楽室でやることにした。学生たちは車に乗り合わせて半日間のゼミに参加するようになったが、しかしそれでも時間は大幅に足りなかった。学生たちに、せめて自己体験の個人セッションをと望まれたが、それも叶わず、私は七年間の大学勤務に見切りをつけることにした。ちょうど、デーゲンさんのミュンヘン異動が決まった年のことである。

デーゲンさんが、いつかこんな話をしていた。

私たちが生きている社会は、国によってその体制、規定、秩序が仕組まれていて、そこで法律というものも作成されるし、市民生活も守られている。

それに対して違反行為をすれば〝罪〟を問われる。

例えば交通規制を例に挙げれば、車は（日本では）左を走り赤信号では止まらねばならない。「今日は急いでいるから一〇〇キロで走りたい。私の家の前は三〇キロ制限にしてくれ。どうも信号の色が気にくわない」と、個々の感覚でものを言い出したら、たちまち世の中混乱状態になってしまうだろう。

自分は法を破るものを裁く、という仕事に従事している。法はいくつかの層で構成されているが、これらの仕事は法に基づいて判断しそして裁くという単純なものではない。定められた法律と個々の出来事とを常時照らし合わせて、そこに生じる「歪み」を捉えなければならない。

人間も含めてこの世のすべてが〝生きているもの〟だから、そこに「歪み」というものが生じるのは当然のことである。

そして、その「歪み」こそ、おそらく〝生きている〟ということなのだろう。

第3楽章

音のアトリエ

五十歳になった時、昔の牛小屋を改造して、音楽室を作った。

いろんな人のこころを描くことができる場所として、「音のアトリエ」と名づけた。

声の自己体験

「知識はいやというほど学んだ。そこに限界を感じ、今、人と向かい合って、このからだが何を感じ、この身体と魂から発する言葉が聞きたい。新たな気持ちでクライエントと向かい合いたい」と、ひとりの女性が声の自己体験にやってきた。

エルザ（心理療法士、当時四十五歳）は空手二段、趣味はタンゴとひとり旅、何処にでもテントひとつで出かけていく野生美溢れる女性だった。ボーイフレンドもたくさんいて、少々プレイガールを匂わせる魅力的な女性で、私とはなぜか気が合った。

床の上を転がりまわったり、野獣のような声で叫んだり、喉の奥から何かを吐きだすような声を上げたり、エルザはとても大胆で、迫力満点な即興を繰り返していた。

ある時、ピアノで伴奏している私の目に、コールタールのようなべたべたしたものが彼女の身体中にまとわりついている映像が浮かんできて、ふとエルザの方を見ると、彼女も床の上を這いまわりながら身体から何かを剥がそうとする動きをしていた。

即興の後、彼女は「今、自分は母親の身体から産まれてきた」と言っていた。

エルザとのセッションを終えた日の夜、私はこんな夢を見た。

大きな広い部屋の中に、ドアのないトイレがそっけなく置かれ、真ん中の大きなブルーのソファーの上に気持ちよさそうに横たわった私は、天井からぶら下がった電話の受話器を持ち、楽しそうに話をしている。

かなり無秩序な空間だったので、しっかりと記憶に残っていた。そして二週間後にふたたびやってきたエルザが、玄関を入るなり、"Ich möchte nicht anderen untergeordnet sein!"と言った。日本語に訳すると、「私は、これからは自分の秩序のもとに生きていく」という意味である。

エルザは、自分が今までいかに世間の常識やOrdnung（秩序、制度、体制）に縛られ、こだわって生きてきたか延々と語った。自由奔放に振る舞っていたエルザを、その時ようやく理解できた気がした。

子供の時分から母親と対立していたエルザは、若くして家を飛び出し、ずっと母親と離れて暮らし、会うこともなかったらしい。エルザの自己体験は四年間続き、最後にアトリエに来た時、彼女は母親との壁をようやく乗り越え、死を間近に迎えた母に逢うことができたと、とても喜んでいた。

＊　＊　＊

「まだ残された時間があるなら、自分らしく生きてみたい」

八十歳のアンナは、しゃがれた声で話し始めた。

「最近、顎も思うように動かないし、声も出づらくなってきて、心臓にも障害が出てきたの」

「とりあえず上がって、アトリエでは靴を脱いで裸足になるのだけど、大丈夫？」と、尋ねると、

「靴を脱ぐのは、ちょっと恥ずかしいけど……」と、アンナは、すこし和らいだ表情を見せた。

「滑るから気をつけて」と、彼女の手を取って部屋に入ると、彼女は床の上に足を出

して、ぺたりと座りこんで、

「夫も息子も嫁も、みんなグローブで、私はいつも独り。誰も私の気持ちなんてわかってくれない」と、怒ったような目つきで訴えてきた。グローブとは、大ざっぱで繊細さがないという意味である。

彼女の背中にそっと手を当てて、私は背中合わせに床に座った。

「あったかい、気持ちいい」とアンナは言いながら、私がハミングをし始めると、その声に合わせて彼女も声を出した。

セッションを重ねるごとにアンナの声は変化し、言葉も口調も歯切れよく勢いもついてきた。

「嫁にも夫にも、ここに来ていること話してないけど、どうせ解ってくれないし、そんなことどうでもいいわ。私とは感性も感覚も違うし、みんな強くて命令口調、もううんざり、家を出たい、でも、男爵夫人の面を取ったら何もない、自分の世界をしっかりと持ち続けている貴女が、羨ましいわ」

「あら、そんなことはないわよ、私だって、こんなどでかい邸の主婦になって、なにかひとつの道に専念しようたって、とてもできない環境よ。毎日いろんな「お面」を取り替え引き換えして、私の人生、パッチワークの図柄みたい」

「でも、広げてみると、なかなか味が在るわよ、私なんか抱え込んだ古着、捨てたいけど捨てられない、沈没寸前よ」と、アンナは、大きな口を開けて笑っていた。

ある日アンナは、画用紙に絵具で何やら描き始めた。

土と緑に囲まれた――おそらくアンナの邸を囲んでいる水堀だろう。

その堀の水を、彼女はうすい赤色で滲ませていた。

「新しい世界……?」とアンナは首をかしげ、それから一年後、彼女は家を出てひとり暮らしを始めた。

八十を過ぎても、「私、正しいことしてる?」と、いつも周りに確認しながら、周りの顔色を見ながら生きていくのは終わりにしたいと、彼女はミュンスターの街の老人専用のマンションで、今後の人生を過ごすことを決めたのである。

「もっと若かったら、もっと早く勇気を持てたら」と言いながら、アンナの声は後悔とは思えぬほど溌剌として、優しい笑顔を浮かべていた。

ミュンスター地方には、堀に囲まれた美しい城(Schloss や Burg)が数多く残されている。Schloss は「錠」とも訳され、Burg は「隠れ屋」という意味がある。

森に人間が侵入すれば動物たちは姿を隠す。生きものたちが命を守るための極々しぜんな行動であるように、城も「命を守る場所」である。外敵からの侵入を防ぐためにお堀や外壁が造られ、戦いが始まると、村の住民たちは家畜や食料を携えて城に立て篭もり、その家族を守ってきた。

当時の城主はPatron（後援者、主人、守護聖人）と呼ばれ、罪人を裁く権限を持ち、また民の生活を支え村の治安を守るという役目もある。裏を返せば城主たるもの、形、掟、伝統を重んじ、常に自らをも律するという〝正しい〟生き方を強いられてきたということである。

そういった歴史の影は、今もなおSchloss《城》を背負う人々の中に生き続けている。

城

ひとりの治療家が、こんなことを尋ねてきた。

「セッション中、相手と向かい合っていて、いつも迷いが生じる。自分の感覚が相手にとって正しいのか？　ふと不安になってしまう。どうしたら貴女のように、その時の自分の感覚を信じることができるのでしょう？　何を根拠に、その瞬間の自分の感覚と判断が正しいと確信できるのでしょう？」

福島、福聚寺のご住職、玄侑宗久さんが「お経を唱えている時や坐禅をしている時は〈私〉が休んでいる」と、いつか言っておられたが、即興の時は、自ずと思考は消えている。いや思考というより〈私〉が消えているのだろう。

つまり〈私〉があるから、不安が現れ、不信感も生じてくる。

相手と向かい合い静かに呼吸し自分の内の動きを観る、そして自分と相手の呼吸、声を共振させていくと、そのうちお互いの声が絡み合い、放れたりぶつかったりしながら、その経過の中で〝な　に　か〟が解《ほど》けていく。お経や坐禅とは少々異なるが、声と声が向かい合う〈声・楽〉の時も、〈私〉は休んでいる。

玄侑さんはこんなことも言っておられた。「己の感覚を信じ、しかも〈私〉というものを信じていたら、本当のものは見えてこない」

幼いころ、私は祭に現れる獅子舞がどうも苦手で、通りに獅子舞が近づいてくると、いつも押し入れに隠れていた。隠れると気分がふっと和らいで、そのまま眠ってしまって、家族が大騒ぎしたこともあった。

アマテラスが洞窟に隠れたように、私は何かというとすぐに身を隠したくなる。

音大の卒業演奏の時も、思わず、舞台のカーテンの後ろに隠れて歌おうとして、教授に睨まれてしまった。

教会で歌ってくれと街の人に頼まれて、教会なら後ろの高い所で歌うから誰も私の顔を見ないだろう、と思って引き受けたが、歌おうとした瞬間、すーっと手すりの下に隠れてしまった。オルガニストが目をぎょろぎょろとさせていたが、気持ちよく歌い続ける私に、彼はすばらしい、とOKサインをくれた。

隠れると妙に気持ちが落ちついた。

私が、わたし、でなくなっていくような、身体がすっぽりと消えて、土、風、光、水、この世に存在するありとあらゆるものとひとつになって、からだの奥のほうから不思議な音が聴こえてきた。
ずっと前の、人である前の記憶かもしれない。

朝起きると、辺り一面真っ白な雪に包まれていた
家の中は、ひんやりと冷たい
「こんな日は、外の方が温かいよ」と、デーゲンさんに言われて
外に出た
雪が冷たい空気を包みこんで、ふんわりとした空気が漂っている
朝焼けの空の中に、陽の光がうっすらと浮かび
厚いマントに身を包んだふたりは、二匹のかぶと虫のように
ゆっくり、ゆっくり、歩いていく

シュネーグロックヒェンのとんがった緑色の芽が
つんつん、土の中から飛び出して、春のおとずれをしらせる
枯葉の中から、ウィンタリンゲの黄色い花が顔を出し
水辺には、Brüderlein, Schwesterlein（兄妹の花）が
その愛らしい姿を見せ始める

冬から春のあいだの、この時間は、なんだか心がうきうきして
わたしは　春の音の中に、飛び出して行く

遊びの空間

週に一度、障害者施設の住人たちがアトリエを訪ねて来た。それまで施設内で行なっていた音楽治療を大学の卒業生にバトンタッチして、希望者の数名をアトリエに招いてセッションをしていた。

訪問する友人や親戚、家族も少ない彼らにとって、週一度のお昼休みの外出はとても大切な時間だった。

アトリエの玄関を入ると、鶯色の小さな台所があって、ここを訪ねてくる人々に庭に植えたハーブでお茶を入れていたが、彼らは「ハーブはちょっと日常っぽいから、私はカプチーノ、私はココア、砂糖をたっぷり入れて！」と、弾んだ声で注文する。お湯が沸く間、前の人の使ったカップをササッと洗い、ふきんで拭いて片づけながら、大好きなおしゃべりが始まる。

「貴方たちが使ったものではないのだから、いいのよ」と言っても、にやりと笑って、

「ブーレさん、今日、私思いっきり腹が立って、怒鳴ってしまったの」

「今日は泣きたい気持だな、でも誰にも内緒だよ」

ブーレさんとは私のことで、「のぶよ」のブが強調して聞こえたようで、いったん彼

らの身体に治まった響きは、なかなか修正できない。

朝の八時から彼らは施設の工場で働いて、昼の休み時間に急いで食事を済ませてやってくる。ひとしきりおしゃべりをすると、ゴロンと床に寝転んで、部屋中をぐるりと囲む高い格子窓から、空や雲、庭の樹木、窓に絡む葡萄の葉っぱを眺めながら、「あー気持ちいい」と、目を閉じていた。

施設では横たわったり、日中は（不安で）目をつぶることができなかったペトラは、「誰にも言わないでね、（寝転んだことを）誰にも内緒よ」と、いつも口止めしていた。


私がピアノを弾き始めると、彼らは語り始める。

「はすの花は、さびしいからみんな手をつないでいる」

「クリスマスの木は、さよならも言わないうちに、さっさと片づけられてしまった。あんなにきれいに着飾っていたのに裸にされて捨てられる」

そんな彼らのかけがえのない感性を、「現実の生活では、そういうのって手間がかかって面倒なんですよ！」と、施設のスタッフは、さらりと言いのける。


おしゃべりなペトラは、いつも机に広げられた画用紙いっぱいに、今日言いたいこと、明日言いたいことを書き尽くし、喋るのがちょっと苦手なブリュンヒルデは、身体をいっぱいに動かして大声で歌を歌っていた。

重症の小児麻痺で、車椅子で生活しているクリスティアンは、腰と胸を固定しているベルトをはずし、背の低い一人用のソッファに座っていた。

クリスティアンに初めて会ったのは、彼が十二歳のころだった。言葉はおろか声さえ思うように出せなかった彼が、ピアノを弾いて歌う私に合わせて、U―O―A―と母音で声を出し、それから、太陽、雨、空、という単語から、ハローノブヨ、アウフヴィーダゼーンノブヨ、と、短い挨拶も交わせるようになった。

彼が初めて自分の思いを表現したのは、母親が再婚して自分の傍を離れていくと察した時である。

クリスティアンの手を取って私が歌い始めると、彼はゆっくりと頭を起こし、窓のほうに手を伸ばして、「母さん、僕の声が聞こえる?」「母さん、ぼくに連絡して?」と、今にも消えるような声で彼は囁いた。

私がピアノを弾きながら、彼の言葉をそのまま繰り返すと、クリスティアンは嬉しそうに「母さん、僕の声が聞こえる」と繰り返し、その悲しいフレーズは、しだいに喜びに変わり、彼の表情が明るくなってきた。

ペトラが、「すごい、クリスティアン、すごい!」と、ぽろぽろ涙を流しながら彼を抱きしめていた。声が開かれるにつれて体のバランスも整い、十八歳の彼はたくましい青年に成長していた。

そんな彼らとの時間に、突然、終わりがきた。

社会福祉学専門の心理学者を名乗る女性が施設の責任者としてドルトムントという大きな街からやってきた。施設は経営の立て直しという名目で、当時院長だったシスターをはじめシスター全員が解雇され、施設の活性化に力を入れていた施設長も辞任した。以前から施設の音楽担当だったバンドミュージシャンと心理療法士の女性が、アトリエにやってきて音楽治療の効用とやらを尋ねていったが、結果はすでに明白だった。バンドミュージックと心理療法以外、プールの時間も、乗馬治療も、音楽治療もすべて廃止とされた。

「なんにも望まないのに、ただここに来たかっただけなのに、それさえ奪う権利が誰にある！　生きていきたい、ただ、生きていたいのに」

ブリュンヒルデが苦手だった言葉を絞りだして叫び、ペトラは顔じゅう涙でいっぱいにして、大きな画用紙を「今日の言葉、明日の言葉」で埋め尽くし、その周りを大好きな花で飾っていた。

ピンポーン！　と、迎えのバスの運転手が玄関のベルを鳴らした。

クリスティアンが、「ヨ〜」と、大声で返事をして、「大丈夫だよ、僕の責任者クリスティアーネが、休暇から帰ってきたら僕が話すから、きっと、また来れるから」と、みんなに声をかけている。

諦めながら道を選んでいくことは解っても、選ぶことすらできない彼らの苦しみや、どんなに言葉を発しても潰されるつらさは、私には解ることはできないのだろう。

それでも、ペトラたちを必死に励まそうとするクリスティアンの声を聞くと、その悲しさは感謝に変わっていた。私だけではなく、おそらくみんなの心の中でも……。

「楽しい時間をありがとう！　ほんとうにありがとう」と、彼らは私を抱きしめ、いつものようにカップを台所に持って行って綺麗に洗い、毛布や楽器を片づけ、部屋の空間をもとに戻して、アトリエを去っていった。

人間社会は、客観、識別の世界をますます展開して、生きているものをいっぱい含んだ土をアスファルトで固めていく。

土の中から生きているものが膨らんでくる気配を、人は感じなくなってきたのかもしれない。でも、それでも〝しぜん〟は必ず、その〝いのち〟が生かされる道を見つけようとしている、と、デーゲンさんが言っていた。

蕾

秋になると、庭の林檎や梨、かりんの樹に、いっぱいの果実がぶら下がる。もう食べごろ！　という時、枝からポロリと実が外れて地面に落ちる、その瞬間に摘み取るのが最高で、その〝今〟を逃して地面に落ちてしまうと、味も変わる。鳥たちも、その時を逃さずに待っているから、人間と鳥の勝負時である。

そんな暮らしの中で、なんとなく身体の具合も変化してきたのか、レッスンやセッションでも、何をしようとか、あれこれ考えることもなく、その時その場で、しぜんにからだが動き始める。

毎週火曜日の午後は、子供たちがやってきた。

部屋の真ん中には大きなテーブルが置いてあって、収穫したリンゴや梨や、枯れ葉やイガイガのついた栗や、そんなものを並べておく。

子供たちは、ちょっと顔を上向き加減に「ふんふん」と言いながら、画用紙を出して描き始め、描き終わると、その絵を見せながらお話をする。語りながら同時に内容を考えていくという、いわゆる「即興話」の時間である。

初めは戸惑っていた子供たちも、数か月経てば素敵な話し手になってくる。それから、部屋に置いてあるいろんなものを、叩いたり、こすったり、息を吹きかけたり――、風の動きや鳥の声、時には、気配さえも共演してくる。「気配は見えないけど、ある時、僕は……」子供たちの想像力には、いつも感動させられていた。

時間があっという間に過ぎて「さようなら」を言うか言わないうちに、彼らは庭に飛び出してボールを蹴り始める。

「植えたばかりの木の苗にボールを当てない！　花壇には足を踏み入れない！」と、大声で叫ぶ私の声など、届きもしない。

子供たちがアトリエに来るようになったのは、三人の息子を持つ父親に、「彼らのエネルギー、自分たちではどうにも収められない、つい形に嵌めようとして反発される。力を貸してくれないか……」と、声をかけられたのがきっかけである。兄弟だけではすぐ喧嘩になるからと、友人を何人か集めて彼らはアトリエにやってきた。

ドイツの子供たちは、自分は何がしたい、自分はこうだ、と自己を主張することに慣れているのか、自分を抑えることをあまりしない。しかし、彼らのエネルギーは想像以上で、野生の馬が何頭か駆け込んできて、荒らしまくられたかのように、彼らとのセッションの後は、私の声はガラガラに嗄れていた。

城という特別な環境の中に生まれ育った彼らは、少々自意識が強く、形という重圧の中で、何やらもがいている様子も見受けられた。

理解に優れ、口も達者で、しかし歌わせると音は外れ、ピアノの練習のようなものはあまり興味がないようだ。ただ、即興、今を感じる世界に乗り出すと、ものすごい勢いで、彼らはその力を発揮してきた。そのうち親たちも「うちの子、天才じゃない?」と言い出すくらいに。

Freier Improvisation（ドイツ語）Free Improvisation（英語）いずれも自由即興との意味だが、日本語には、「自由」の他にもうひとつ「自在＝自ずから在る」という言葉がある。何かから自由になる、解放される。ある限られた選択肢の中から、自分でよく考えて決断するのが「自由」なら、自己という思惑の関与しない、こころに「妨げ」がない、という「自在」を養う、それが彼らとの試みだったのだろう。

セッションを繰り返すうちに、彼らの心に、何やら余裕のようなものが生まれてきた。余裕とは、ドイツ語でSpielraum シュピールラウムという。Spiel は遊び、Raum は空間、つまり「遊びの空間」である。

古の伝統や文化を守りつつ、常に新しいものへ向かう力、遊びの空間を持ち合わせた彼らは今、素敵な紳士淑女に成長し続けている。

子どもたち アトリエで

トム

存在する〝もの〟や〝こと〟を〝音〟とひとことで表現するなら、トムは〝音〟にとても敏感で、それに〝触れること〟を常に躊躇していた。唯一、彼が安心できる〝音〟は、自然、風や光、水、そして土。

「軽いうつ病、自閉性、形が描けない、発語は人の言った言葉を反復するのみ」と書かれたメモが施設から手渡された。

不安になるとトムは額を壁や柱にぶつけて、彼の額はいつも血まみれだった。

声は出したくないようだから、机の上に大きな画用紙を広げていると、彼は赤いクレヨンでギザギザの線を描き始めた。何やら口の奥でググッと音を立てている。

そのギザギザに勢いがついてきた時、大きな太鼓を差し出すと、彼は目を吊り上げて、太鼓を激しく叩きながら「ドース！　ドース！」と叫び始めた。

ドースとは何ものか、その時、誰も知らなかった。

トムの言葉は、ガラスの破片のように散らばって構造化される前の段階だったのだろう。トムの母親やグループ主任と相談して、施設ではなく私のアトリエで、ペトラたちとは別に、個人セッションをすることにした。

一度、トムはアトリエの大きな柱をじっと睨みつけていたことがある。昔の牛小屋だから、牛がぶつかっても傷つかないように角がまあるく削ってあるが、それでも強くぶつければ、額は傷つくだろう。

私が柱の反対側にまわって彼の方に手を伸ばすと、トムはくるりと背を向けて、柱に寄りかかり、気持ちよさそうに上を向いて、ふーっふーっと息を吐き、ふんふんふんとハミングをし始めた。向かい合っていた柱が友達になった。

その後、彼の額の傷はうっすらと、そして、やがて消えていった。

「襲われる、亡霊、不安だ、恐ろしい、女神、ドース！」「離れろ、出て行け！」と、太鼓を叩きながら、トムが激しく叫び始めたのは、それからしばらくしてからのことである。「水、水！」と、水の中に潜っては水面に顔を出して息を吸ってまた潜る、というような動作も、何度か繰り返していた。

ある日、床に座ってボンゴを叩きながら、「水だ、水だ」と楽しそうに唄っていたトムが、突然、

「ドースが来た！」

「ドースが僕のものを盗もうとする」

「本当だよ、真っ黒なドースが、オートバイに乗ってとうとう現れてきた」

「ハハァ、そうか、これこそ、自分に破壊の命令を出す張本人だ」と、なんとも流暢に話し始めたのである。彼の中で散らばっていた言葉の破片が集約されて、みるみると形を成してきた。

翌週から彼は、真っ黒い顔をしてオートバイに乗ったドースを大きな画用紙いっぱいに描き始めた。

ある時、ボンボン、ボコボコと喉の奥で激しく音を出しながら、「危ない、爆発する、逃げろ！」と、叫び声を上げて床に倒れた。気絶？　ではなく、幸せそうな顔をして、彼は目をつぶったまま静かに呼吸していた。

トムに、昔の記憶が戻ってきたようである。

数週間後、とても真面目な表情で、彼は幼いころの体験を私に語り始めた。

「お母さんの留守中、僕は浴室に入ってシャワーを浴びていたら、換気扇がボンボンと激しい音を立て始めて、僕は、爆発する！　と思って、換気扇を壁からはずして窓から投げ捨てた」

「お母さんが家に帰ってきて、すごく怒られて、僕は悪いことをしたから、暗い部屋に錠を掛けて閉じ込められた」

そこに、真っ黒で赤い眼をした（トムがドースと名付ける）亡霊が現れ、トムを誘った。

「ドースは、部屋のカーテンから飛び出してきて、僕をどこかに連れて行こうとした。

こんなに恐ろしいことはなかった！」

でもね、と、トムは囁くような声で、こういった。

「換気扇を窓の外に投げたのは、僕じゃない。姉さんなんだ！」

おそらく、この時初めて、トムは本当の出来事を想い出したのだろう。

「そう！　僕は悪い子じゃない！」

まるで、宝物でも見つけたように、彼は活き活きとした目で私にそう言った。

その後、トムはドースに闘いを挑んだ。刀剣をまっすぐに立ててドースと向かい合う自分の姿を彼は画用紙に大きく描き、トムの太鼓と私のピアノと声で、新たな即興が幕を開けた。

冬の陣、夏の陣と、約一年を通した闘いが次第に終わりを迎えていたころ、彼は部屋の隅にある四畳半の畳の上に寝転んで、天井を見上げ、お腹に両手を当てて静かに息をしていた。それから彼はゆっくりと起き上がり、

「誰かが自分をどこかに連れて行く」

「どこへいくの？」と、私が訊くと「花畑みたいだ」と答え、部屋にあった大きな青いボールの上に跨って、「おお、またドースがくるぞ、僕を誘おうとしている」と、その勇ましい手を高く掲げた。

「それで?」と、私が尋ねると、

「僕は」……「Nein いや」、「僕は行かない」。

「光、光がある」と、彼は、ピアノの後ろを指さして、そう言った。

ピアノの後ろに飾ってあった、カンディンスキーのクライス〈円〉の絵のガラスに、ちょうど赤い夕陽があたって光っていた。

その日を境に、彼の中のドースは消えた。


トムのセッションで繰り返し現れる「刀剣」とは何か、文化人類学者・田村克己の考察が頭に浮かんだ。

神話の世界において、刀剣は単なる武器以上に霊力をも持ったものとされ、天と地、山と海など、二大原理の対立によって引き起こされる混乱を鎮めるために用いられる。刀剣は、二つの原理の間をコミュニケートする媒介項である。また、「雷」が天と地という二つの領域を結ぶ事象であることから、刀剣神＝雷神の観念が生じたとも述べていた。

『日本伝奇伝説大事典』(角川書店)には、また次のように書かれている。

「雷は、恐ろしいものとして畏怖される反面、水の神として期待されるという両義性を持った存在である」

トムはドースを亡霊、悪魔と呼び、とても恐れていたが、時々「女神」とも呼んでいた。そして、何度も水の中に沈む動作を繰り返していた。

トムはその後、聳え立つ大木、真ん中にまっすぐな帆を立てた大きな船——父親と旅に出たいと——それから、波の押し寄せる海の中を歩くトム、そして、海の中を歩くふたり——など描いていた。

立つという行為、なにかを垂直に立てるということ、それは「分離」の象徴でもあり、そこに自分との距離（ディスタンツ）、人との距離が生まれ、自閉症といわれていたトムにも人との触れ合いが芽生えていった。

実は、デーゲンハードという名前は、硬い刀剣という意味である。デーゲン（刀剣）が雷神のもと（ハーマン）にやってきたこと。私もまた、アマテラスの神話の国から雷の神の土地にきて、「音‐楽」のいとなみを続けていること。

まだまだ観えない、聴こえない、感じることすらできない、五感では計り知れないほどの多くのものが、隠れているのだろう。

デーゲンさんは、四人兄妹の次男で幼くして父親を亡くしている。三十六歳の若さで未亡人となった母親は、実家の老舗のビール工場の社長になり、兄妹みなカトリック系の寄宿舎で暮すことになった。

食事は不味く、シャワーの時も水着を着て、というほど規律も厳しかったと聞いている。二週間に一度の週末のみ、帰宅を許されたらしいが、料理は地下で料理番が作るものだから、彼は家庭の味も知らなかった。

朝コトコト野菜を切る音や、もちろん、味噌汁の香りで目が覚めるという体験もなかった。

「いい匂いですね、美味しいもの創りましたね」と、彼はいつも嬉しそうな顔で言う。私は、ヴォルフの Auch kleine Dinge können uns entzücken（小さくてもうっとりさせるものがある）を口ずさみながら、台所に立っている。

初めて、ボンの彼のアパートを訪ねた時に持っていった小さな折り鶴が、今でも彼の書斎の机の上に飾ってあったり、誕生日にプレゼントした一輪のバラの花も、カラッカラになって、その横に並んで置いてあったり。

うっかり捨ててしまわれたら、ものすごく悲しい顔になるだろうから、彼の仕事部屋の掃除は、私の担当にしている。

冬桜

第4楽章

天《しぜん》に生きる

秋の森

秋も終わりに近づくと、森の樹木はその葉を地面に落とし、パラ……パラ……パラ！と、雨音もうすくなっていく。

自然の音に〝みみを澄ます〟日常が、音楽に向かう自分を少しずつ変化させてきた。

ピアノの前に座って目を閉じると、ある〝時空間〟に入っていくこともある。

秩序と渾沌が混ざり合ったような、そこで声を出し合っている自分は、およそ人間とはいえない、形もなく水の中のふわふわしたアメーバーのようなものに変容したり。

ある時、即興中に喉の辺りが苦しくなって、からだの中から奇妙な声が、低いうめき声のような、まるで喘ぎ苦しんでいるような声が出て、ある映像が目の前に浮かんできた。

ぼろぼろの衣服をまとったひとりの老婆が現れ、しばらくすると彼女は息絶えた。

私は画用紙を出して何やら描き始めたが、しかし、描いたのは老婆ではなく大地に倒れて崩壊した老木だった。

老木から緑色の葉っぱが一枚、宙に飛んで、わたしは、うすい鉛筆で「今から始まる」と文字を綴っていた。

その間、思考は一切介入せず、おそらくそれは夢想空想幻想でもなかった。

「散歩に行きませんか？」と、デーゲンさんが音楽室のドアを開けた。

晩秋の夕暮れ、オレンジ色の夕陽が森じゅうを金色に染めていた。

日本の従妹から「母親が昨夜神のもとへ旅立った」と電話をもらったのは、その翌朝のことだった。

冬の雪景色が大好きで、冬になると北海道の富良野や美瑛によくひとり旅をしていた叔母は、数年前ヴィラベックでクリスマスを過ごしたいと、日本からふらりとやってきた。

ピンク色に染まった朝焼けの中で、叔母は子供のようにはしゃいでいた。

「こんなあったかい雪の中で、眠りながら天国に行けるかしら」

叔母の笑顔が、目に浮かんだ。

雪と朝焼け

サラ

サラは、大きな農家の次女として生まれた。

貴族の男性と恋をして結婚して、学校の教師を続けながら三人の子供を育て、後に夫が親戚の養子となって大きな邸に移ってからは、その舅、姑と同居するようになった。

彼女は社交に優れ、農家育ちだから乗馬も得意でそのうえ犬の訓練士の資格を取ったりと行動範囲を広め、スケジュール満杯の毎日だった。

彼女が六十歳を超えたころ姑が亡くなり、サラは邸の景色を一新したいと居間を強烈なオレンジ色に、台所はピンク、息子たちの部屋も黄色や緑に塗り替えた。風呂場の海の景色を装った Villeroy & Boch ヴィラレイボックのタイルも見事だった。

サラは自分専用の書斎、離れには祈りの祭壇まで創り、まあ何と欲張りな、しかし人生を謳歌している彼女は素敵だった。


彼女の膵臓に癌が見つかった、という知らせを受けたのは、それから二年後のことである。医者に手の施しようがないと告げられたが、サラはドイツ中の病院の情報を集めて、春に結婚したひとり娘の子供が生まれるまでは、どうしても生きていたい、と治療を試みていた。

いつも多くの友人に囲まれていた彼女には見舞客が絶えず、それほど親密な仲でもなかった私が入り込む余地はなかったし、サラの夫が訪問客を制限してからは、ますます私の足は遠のいていた。

半年が過ぎたころ、サラがふたたび近くのクリニックで最後の望みをかけて治療を受けているという話を聞いた時、私は彼女の夫の言葉を無視して彼女の携帯にメッセージを入れてみた。

「もし、あなたの負担にならないようだったら、会いたい」

サラからすぐ返事が来た。

「今、来て！　すぐ！」

急いでハンドバッグを手にして、私は家を飛び出した。

その日はオルカーンといって、大木が倒れるほどの強風が吹くと予報されていて、空にはすでにどんよりとした雲が拡がっていた。

家を飛び出す私に、「しっかりハンドルをもって、気をつけて！」と、デーゲンさんが窓から叫んでいたが、止めても無駄だと思ったのだろう。

広い畑道で、小さな私の車がひょろひょろっと反対側の車線に流されて、対向車でもあったら、おそらく大事故を起こしていただろう。堅くハンドルを握りしめて、祈りながら必死で走った。今思えば、ぞっとするほど無謀な行動だった。しかしその時の私は「また日を改めて」など、これっぽっちも想う余裕はなかった。

病院について部屋に入ると、サラが身体を入り口のドアの方に向けて横になっていた。

「やっと来てくれた」と、彼女は痛そうにお腹を押さえながら、私に微笑みかけた。

「何か話して、あなたの話、ききたい、なんでもいいから」と彼女は、まるで子供のようにせがんできた。

慌ててバッグに突っ込んできた、ヒルデガード・フォン・ビンゲンの中世の声楽曲を、ふたりでしばらく黙って聴いていた。

ポルタテールオルガンとフィドルの弓の響きが、外の風音を忘れさせた。

「この治療をする前は、もう少し元気だったのよ。家族と食事して、孫の洗礼をお祝いして、顔色も良かったし、みんなが元気そうねって言ってくれたわ」とサラが話し始めた。

「お腹に太い針を刺して治療をしたの、その後の痛みは耐えられない。体力が消耗するの」

彼女はこのまま病院で治療を続けるべきかどうか、迷っていた。

「サラ、好きな色は、オレンジだったかしら、お腹に、私の手を当ててもいいかしら？」

と、尋ねると、

「もちろん、いいわ、」と、サラは嬉しそうに毛布を捲った。

「ここに、あなたの好きなオレンジ、美味しそうなオレンジの色を想像してみて」と言って、私はサラのお腹に、そっと手を当てた。

ヒルデガードの曲が、部屋の中でやさしく流れていた。

「気持ちいい、あたたかくなってきた、痛みが和らいでくるわ」

「サラ、あなたのエネルギー、力、感じるわよ」と言うと、

「ほんと？　まだある？」

いつも自信満々で威勢の良かったサラが、一瞬、愛らしい少女にみえた。

「ノブヨ、貴女はいつもどこかひとりで遠くにいたわ、私は、いろんな人の肩越しに、遠くでポツンと立っている貴女をみて、傍にいきたい、と、思っていたの」

「でも他の人たちが、その間を埋めていて、」サラは、話し続けた。

「もっと生きられたら……」

「夫や子供の傍に静かに居たい、それだけでいい、傍に居るだけで、他のことなんにもしなくても」

「私の娘に、そのことを、伝えたい」

二時間以上が過ぎて、その間、誰一人として部屋に入って来なかった、電話ひとつかかってこなかった。

「そろそろ、帰るね」と私が言うと、サラは私の胸に顔をあてて、大声で泣き始めた。

外はすっかり暗くなって、恐ろしいオルカーンも収まり、私は家に帰りついた。玄関口で、デーゲンさんに「良かった」と言われて、それから、涙が止まらなかった。

その後、サラから、治療をやめて家に帰り、とても落ち着いている。オレンジ色の光、今でも感じている、とメッセージが届き、その一週間後、サラは天国に昇った。

夕方、薄いオレンジ色の雲がまるで悲しみを覆うように空を包み、

私は、空に向かって大声で歌いながら歩いていた。

デーゲンさんが、「ほら見てごらん！」と空を指さした。

青空がオレンジ色の雲を押し上げるように広がり、そこに、ほんの微かな虹が立ち上がっていた。

サラの虹

空

細面で、真っ黒いビロードのような毛並みのスコットランド・ラブラドール。

名前は、飼う前から決めていた。

ドレミファ　ソラ　シド、のソ・ラ、下の階から上の階への〝架け橋〟

この世のどんな色にも寄り添う「空」

二〇〇八年三月、「八匹生れたよ」と飼い主さんから電話をもらって、私は素っ飛んでいった。見た瞬間「これが空」と決めた。

数週間後、ミュンヘンから帰ってきたデーゲンさんとふたりで空に逢いに行くと、空は私にキスをして、デーゲンさんの膝の上でスヤスヤと気持ちよさそうに眠ってしまった。

子犬は、産まれて八週間は母親の傍に置いておかねば精神が不安定になると言われ、その間、私たちは日本へ帰国していた。

しばらくして親元のコックさんから、空はとても興味深い犬で、気質も良いし頭も良い、だから種犬として自分たちの手元に置きたいと日本に電話がかかってきた。

人の意見をまず尊重するデーゲンさんだから、ここはしっかりと釘を打たねば。

「貴方は、誰か他の男性が私を嫁に欲しい、と言ったら譲るのか」と言うと、彼は吹き出していたが、「うちの奥さんは、だめだと言います」と断ってくれた。

日本から帰った翌日、空を引き取りに行くと、空は一瞬も後ろを振り返らずに、さっさと私たちの車に乗って、家に着くと用意された籠にササッと寝転んだ。まるでずっと前からここが自分の家、とでもいうように。

一歳になると、猟犬の資格試験を受けるため毎週土曜にコックさんの訓練に通い始めた。言うことをきかない犬は、コックさんに耳を捻じ曲げられ、キャンキャン鳴いていたが、空は泣き声も上げず、したくないことは絶対しなかった。

ただ嗅覚は抜群に優れていて勘もよく、どんな状況でも平然と静かに構え、すべてにおいてパーフェクトに熟していた。ただ、用心深い空は、水に入ることだけは拒み、コックさんなら平気で水に投げ込んだだろうが、デーゲンさんにはそれはできない。

狩りの試験の山場は、小川を泳いで向こう岸にある獲物を主人まで届けることである。落第覚悟で試験場に向かったが、なんと合図を受けた空は水際から数メートル右に走ってそこから水に入り、真ん中の小さな島でいったん休み、それからあと半分を泳いで渡り、獲物をくわえ、帰りも同じルートで戻ってきた。

向こう岸に獲物がある「あれを取りたい」という強い意思が空の知恵をかき立てたのだろう。

目的に向かってこそ身体は動く、その先に欲しいもの、大好きなことがあれば、身体は自ずとそのように動く。自然に生きる、とはそういうことなのかもしれない。

試験官たちは苦笑しながら、「こんな犬は初めて見た、規定外だが」と、お情けなのか、空は見事に狩猟犬の資格を獲得した。

わが家からすこし離れた森にウーフー（ワシミミズク）が棲んでいる。人間の気配に敏感でドイツでもあまり見られないといわれている。全長六〇〜七〇センチ、翼を広げると一八〇センチもある大きなフクロウの一種である。

日が暮れると鳴き始める、そのふくよかな神秘的な趣のある声がデーゲンさんも大好きで、よく空を連れて、その森へ出かけている。

狩りが大好きで、日本語、ドイツ語二か国語をきちんと聞き分ける空は、今年十四歳、犬の一年は人間の七年に相当するから人間で言えば九十八歳になる。

空

ただ歩く、など意味がないと思っていた私も、今や「天気に良し悪しはなし」と、雨、風、雪を問わず、時を見つけては、空と一緒に外に飛び出している。

森の中で、立ちどまり目を閉じると、瞼のあたりからサーッと霧のようなものが流れ出して、その後、足がズンと地面に落ちる。

ほんの数分のことだけれど、視覚や聴覚、そしてからだの感覚が変化して、心地よい歩きに変わる。

「部屋に座っての瞑想は苦手なのに」と言うと、デーゲンさんは、「森の樹木も動物も植物も gewachsene Form ＝自然に生成された形であり、ありとあらゆるものの相互作用、環境と遭遇し、時間とともに造り上げられたもの。しかし、私たちが住む社会は geschaffene Form ＝人間の意思、頭脳で創造された形、誰かが立てたプラン通りに組み立てられたものだから……」と応えながら、本人は瞑想など縁もゆかりもない顔で、森の音にみみを澄ませながら、歩いている。

春、ハーマンの森には、白や黄色の小花が、まるで星を散りばめたようにいっぱい咲き始める。

三月に入ると葉茸が群生して、多くの人がビニール袋やバケツを抱えて葉茸を取りに森に入ってくるが、採集禁止の看板は立てず、デーゲンさんは、ひとりひとりに「人の通る道以外に入ると、どれだけ自然を害するのか」を丁寧に説明している。
人間の自然への小さな配慮が、こんなにも森で生きているものの生息を支えるものかと、三十年前ここに初めて来た時は想像もしなかった。クマゲラや、ドイツでも珍しいコウモリも生息していて、数年前にハーマンの森は自然保護地域に指定された。

森や自然の中にいると自由な気持ちになって、呼吸もよくできる。それは自由な時間があって、仕事や他にしなければならないことを考えなくて良いからというのも一つの理由かもしれないが、また別の理由もあると、デーゲンさんは、いつか話をしていた。

人間は、何千年も昔から自然とともに、自然の中で進化してきた、自然が私たちに食物と生を与えてくれた。人間は、どの植物を食べることが出来るのか、どの時期に獲物を取り食肉をするのか、自然との調和を図っていく確かな感覚と、その知恵を養ってきたのだろう。彼らはまた自然の怖さ、危険も知覚し、それをどのように防いでいけばよいのか、それらを判断する能力も培ってきた。

この数千年の間に人間の生活状況は大きく変化して、仕事のスタイルも変化し、科学技術の発展にともなって高度に専門化され、生存していくために欠かすことができなかった感覚や能力は、今はもはや必要とされなくなった。

しかしそれでも、人はふたたび自然に入ると、このからだの内に何千年も昔から培われてきた、その能力が今もなお息づいていることに気づく。

どこから風が吹いてくるのか、動物の匂い、花の匂い、水の匂い、自然のありとあらゆる匂い、動物や植物がどのように成長して、どういった花を咲かせ、秋、冬には、どのような色になり葉を落とし、姿を変えていくのか、そういう自然の循環性を、からだを通して感じ取り、この「わたし」もその大きな、自然の中でのほんの一部であるということを思い出す。

そしてそこには、人間社会が作り上げた秩序や法則とは異なった、〝生きているもの〟としての秩序がある、ということも。

昨年の夏、彼は「文化を育む」というテーマで講演の依頼を受け、文化に対して多くの点で対照をなす自然（Natur）という概念にもふれてみたいと、こんなことも語っていた。

多くの人々が、自然界の生物や植物を愛好するあまり、それらに対して人間同士の関係で使うような言葉を用いる人たちが増えてきている。それは時には共感や感動を与え、身近な感覚をもたらすようだが、重大な違いがあるという面も覆い隠してしまうだろう。なぜなら〝自然〟はもっとずっと複雑なものだからである。人間、動物、植物を含めたすべての生命の進化の過程において、想像を絶するほど様々な形態や行動様式が発達してきた。

惑星である地球は、膨大な数の星の中で動いている。私たちの天の川だけをとっても、太陽の大きさの星は一千億から四千億もあると言われ、また一人の人間には六十兆におよぶ細胞があるうえ、その十倍もの数の細菌を抱えているということが分かっている。

同じことが時間にも当てはまる。現在の自然科学の見解では、宇宙はほぼ百四十億年前から存在していて、地球に生命が宿ったのは三十五億年以上前。それに比べて、人類が徐々に進化を始めたのは、わずか六〇〇万年前のことである。数学や自然科学では、量子力学と相対性理論によって、私たちの五感ではもはや感知できないような次元に足が踏み込まれている。

このような多様性や複雑性の中から、私たちの感覚は、その進化の過程で生きていくうえに必要な要素を選択してきている。

コウモリが超音波を使い、あるいは犬が鋭い嗅覚を使って行動しているのを見ると、私たち人間の視覚、聴覚、触覚の範囲がいかに小さく、またそれが、自分たちの世界観の限界にどのように関わっているかを理解することができる。

どんなに科学とテクノロジーが発達したとしても、私たち人間の感覚や能力で把握できるのは、全体のわずかな一部分にしか過ぎないであろう。


それから彼は、環境について、文化の意義へと話しを進めていった。


昔、「ドイツの森でワークショップ」という企画をある旅行会社から提案されたことがある。残念なことに、そこに描かれた「自然」は、まさにkünstlich人為的に美化されたものだった。

人々が自然に興味や関心を持つことは、とても素敵なことである。

その中で、私たち人間も、天《しぜん》に生きるものの〝ひとつ〟に孵る、そんなひとときを待つ心を、培いたい。

塔で生まれた鷹の雛

土曜の朝、朝食をすませた私は、裏門から並木道を通って森に入った。ふんわりと重なる枯れ葉は、霜で真っ白く凍りつき、その上を歩く私の足音が、パリン、パリンと、うすーい音をたてた。真っ青な冬の空、樹々の皮が光の中で、黒く光っている。

夫は、朝早くから狩りに出かけ、昼過ぎになると、大勢の狩人たちと邸に戻り、内庭で昼食をとる。豆のスープとパン、秋に収穫した林檎を瞬く間に腹にかきこんで、彼らはふたたび森に出かける。わたしは、暖炉に火をつけて部屋を暖め、それから夕食会の準備に取りかかる。朝の森の散歩は、その合間の小さな息抜きである。

邸に来たころの私は、そんな心の余裕はまったくなかった。狩猟犬をひき連れ、銃を肩に担いだ男たちが邸の内庭に集合して、ホルンの音とともに、ババーン！　と銃声が空中に鳴り響くと、体中の毛穴が縮んで、まるで外国映画のセットの中に迷い込んでしまったような気分になって、これだけは絶対に慣れることはない、と思っていた。

「今、こんなに食料があるのに、なぜ森で生きている動物まで殺さねばならない！」

と文句も言っていた。

しかし、狐が増えれば他の生きものが減り、兎が増えると目が飛び出るという病気が流行って森の中には兎の遺体が転がり始める。そして鹿が増えすぎると若い樹木が育たないなど、ドイツの森の多くは人間が創った森だから、人間の管理が必要になる。

　土地の人々の生活に触れ、彼らと歩調を合わせていくうちに、どうやらこの身体の細胞も入れ替わってきたようである。


　ドイツ語に unmittelbar という言葉があって、中に入るものがない、中間の手続きがない、つまり「直接的な」という意味である。

たとえば男たちが狩りをして獲物を持ちかえると、首を切り落とし血抜きをして皮を剥ぐという、このゾッとするような作業を昔の農家の主婦は、手際よくやっていたようだ。

　現代の主婦は、店に並んだきれいに処理された肉しか扱えないし、野菜もきれいに土を落とされ、時には調理しやすいように刻まれていたり、日本では調理まで済ませてあったりと、効率のよい便利な時代になっている。

　それは、多くの人の手がその中間に入っていて「直接的な」ものからずいぶん離れたところ、つまり〝元の姿〟から遠くなったところで私たちは暮らしている、ということで、それでは人間の直観力が鈍くなるのも当然であろう。

専門家による天気予報にどっかり乗っかって、予報が外れたと責めるのも、生きることにちょっと無責任かもしれない。空や風の動きを観察し、雨の量も毎日測って、いろんなことを判断しているデーゲンさんを横目で見ながら、私も反省している。

＊　＊　＊

夏に植えた畑の野菜が朝露に覆われ、太陽が顔を出すと、またシャンとして、どうぞお食べください！　と言わんばかりに緑に輝いている。

十月に摘み取った林檎は、クリスマスまで食べられるように地下に保存、婆さまのお肌のようにしわしわに萎れているが、みずみずしい林檎だけが林檎じゃないよ、しわしわ林檎の肌の柔らかさも、なんともいえない甘み、ササッとゴミ箱に捨てないで、サラダにでもして「さあ、召し上がれ」と夫にさしだす。

以前の私は、こんなドイツの田舎暮らしが味気なく、わびしく、不満ばかりをこぼしていた。しかしこんな暮らしに慣れてくると、なんとなく別の豊かさが顔を出してくる。ものをきちんと使い切る、見栄を張らない、金は使うべきところで使う。そんな心意気を、イレーネは、いっぱい見せてくれた。

イレーネ

春、日暮れ時、森に散歩に出かけると鹿たちが枯葉の下にある若い木の芽や若草をさがしている。

鹿は人間の気配にとても敏感で、私たちの方を向いて、ジーッと様子をうかがっている。「立ち止まらないで、鹿が心配するから」と、デーゲンさんが小声で言い、ゆっくりとその場を立ち去ると、鹿たちはまた安心して草を食べ始める。

森の中には、草の根を掻き分けたような獣道がたくさんあって、その奥には狐の洞穴や、鹿の寝場所などもいくつか見られる。

実は、わが家の庭にも獣道らしきものがある。裏玄関から裏門まで芝生の草がくっきりと掻き分けられていて、「狐がここにも入ってきた？　それとも兎の道か？」と思ったら、なんとそれは、イレーネの道だった。

広い庭を、まるで線路の上を走るように、毎日三回、同じ時間に愛犬たちと、自然に、ごく自然に歩いてきた、彼女の〝道〟である。

叔母のイレーネは、この家の末娘として生まれた。

表の鍵はどこかに置き忘れたように、イレーネは社会への扉を堅く閉じて生きていた。食べものは一粒たりとも残さず、野菜はどんなに萎れても使い切る。風で折れた枝は何週間も水につけて、そのうち根っこが生えてくると、それをまた土に埋める。庭の花は蕾がどのくらいになったら切って飾れば長持ちするのか、そんなことを、彼女は、私にもたくさん教えてくれた。

そのイレーネにも、様々な「私」の歴史があった。

先代の妻エレオノーラ（ノリ）がこの家に嫁いできて以来、彼女は母親とともに本館北側の棟に移り住んだ。

風呂もシャワーも暖房もなく、冬場は壊れかけた薪の暖炉で部屋を暖め、コンロで湯を沸かして身体を拭いていたという。

リュウマチを患っていた母親が亡くなってから、彼女は四十年以上、表玄関に顔を出すことも許されず、ひっそりとひとりで暮らしていた。

私たちがここにやってきた時、ノリが「イレーネをハウスメートヒェンの部屋に移して、彼女の住まいをあなたたちが使えばいい」と言って、イレーネは苦笑していたが、そのノリ自身が、ほどなく天国に行ってしまった。

その後、イレーネは邸の長老者として敬われ、彼女の生活環境は一変した。風呂も暖房も整って大満足、と言いたいところだが、イレーネ自身はそうでもなかったようである。快適な生活に不慣れだったのか、彼女はトースターから洗濯機にいたるまで便利と名のつくものは一切不要とした。

「便利なものは選択せねばならない。〝機心〟が働けば人間だめになる」と、これは中国の『荘子』に登場する言葉だったと思うが、そんなところかもしれない。

そしてこの機心とやら、どうやら生命力にも関わるようである。

過去四十五年間、彼女は薬いらず医者いらず。ちょっと調子が悪くなると節食して睡眠をとる。数日過ぎれば、水につけた花のようにしゃんと生き返るという、見事な免疫力の持ち主だった。

一度だけトイレで多量に出血して慌てて病院に連れて行き、医者に癌検診を勧められたが、彼女は「癌はない、自分でわかる」と言いきって、さっさと家に帰り、

「ノブヨ、今年はあそこにあの花を植えよう」と、庭の計画を立て始めた。

「自分の体は自分が感じ取るもの」という、彼女の矜持だったのだろう。

そんなイレーネも、愛犬が次々と亡くなって、最愛のヘクシーが死んでからは様子が変わった。思うように体が動かなくなると自分を卑しめ、時々激しい怒りをぶつけてきた。怒りは元気の素というが、さすがにノリと長年鍛えただけあって、竜巻にでも巻き込まれたかのように、私の髪は逆立っていた。

「ノブヨは近づきすぎる、彼女にはもっと距離が必要だ。肌と肌で感じようとするやり方は、彼女にはfremdであり、逆に彼女を傷つけてしまうのかもしれない」(fremdとは、馴染みがない、異郷の意)

"Sie möchte den Rest ihrer Würde behalten"「彼女は残された彼女の品位、尊厳を保ちたいのだろう」と、デーゲンさんは言っていた。

しばらくしてイレーネのお世話は近所の年配の主婦にお願いすることになって、さすがにイレーネも他人には怒りをぶつけられなかったのか、嵐はそのうち収まったが、そのうち一日中ベッドから起きて来ない日々が続くようになった。

「栄養を摂らせて、水分をたくさんあげて、生活のリズムを作って……」と、周りが騒がしくなってきて、"lass mich in Ruhe"「私を静の中に居させてくれ!」と、イレーネは、微かな声で抵抗していた。

ずっと直接的に生きてきた人だから、イレーネはしぜんに終わりたかったのではないか、と、ふとそんな気がした。

イレーネは何度か家の中で転倒して入退院を繰り返し、とうとう全日介護の整った近所の老人施設に住まいを移すことになった。

施設ではイレーネとも顔なじみの近所の農家の主婦たちもパートで働いていて、幼馴染のマリーテレーサも毎日施設を訪ねてきてくれたから、会話も増え、規則的な食事で体重もかなり増え、そしてそのうち施設にも慣れてくると、

「そんなに食べるから、あんた豚みたいに太るんだよ」とか、「山羊みたいにメエメエ泣くんじゃないよ」と、お隣さんをからかっては、スタッフを困らせていたようだ。いつも動物相手に暮らしていたから、人もみな動物に見えたのかもしれない。

一年が過ぎたころ、「イレーネの精神状態が不安定になってきた」と連絡が入って、急いで施設に駆けつけた。いつもならデーゲンさんべったりのイレーネが、その日は私の手を握りしめて「不安だ、助けてくれ」と、悲しい眼で訴え、デーゲンさんは静かに部屋を出て行った。

思春期のころから二十年以上、たまに襲ってくるふたつの夢に私は悩まされていた。ひとつは、すべての関係性を断たれ、人も家具も何もない空間にひとり閉じこめられ

る自分。もうひとつは、地球の惑星からひとり飛び出して、ふわふわと浮いている。始めも終わりもない、生きることも、死ぬこともできない、永遠の空間。

精神の限界をはるかに超えるほどの孤独感と恐怖に襲われた。

年に一度、いや、数年に一度だったかもしれないが、そのたびに私は母の布団に入り込み、大学時代は友人が、働き始めても、東京や宮崎の姉たちが、いつも偶然のようにそばにいて、抱きしめてくれたから私は救われていた。

そして、二十八歳の夏、牧師志望の若い音楽家と出会い、彼の強い祈りの力によって、夢から解放された。

記憶とは、都合よく浮上してくれるものである。

イレーネも私も、それほど信仰の深い人間ではなかったが、私はイレーネの傍らに坐して、「神は貴女を愛してくれる、神は貴女を受け入れている、神は愛……」と、思いつくままに、大きな声で祈った。

彼女の魂に、心に響いたのかは、わからない。医者から処方された鎮静剤が効いたのかもしれないが、彼女は静かになり、その後、悲しく怯えた表情は見られなくなった。

森の樹木、庭の樹々、花、数百年前の人々が丹精込めて作った家具、九十二年間、慣れ親しんだ場所を離れ、他の秩序のもとで生きることは、彼女にとって安易なことではなかっただろう。そんな彼女の悲しみと痛みを、私は感じることができなかった。日本人の私をイレーネは心の底では受け入れていない、といつも思い、しかしそれはお互いさまである。この世にあるものはそれぞれ色も形も質も違う。そこに風が吹けば、いろんな音が生じるのも当たり前のこと。なぜ、すべてをあるがままに受け止めることができなかったのか、と、気づいた時には、イレーネはもうこの世にはいなかった。

イレーネは、すべてを黙って受け入れていた。

「生まれてくる時も、死ぬ時も、その門はひとりでぐらぐらなきゃいかんのよ」と言っていた彼女の言葉が、今でも胸に重くのしかかる。

口を閉じ、目を閉じ、食も断ち始めたイレーネのもとに教会の宣教師が訪ねてきて、「最後の祈りの儀式に、額にオイルを塗りましょう」と言うと、

「あんたがしたいなら、どうぞ……」といかにもイレーネらしく応え、それから三日後、彼女は大きく口を開け、苦しそうにハッ、ハッと短い息をし始めた。乾いた唇を脱脂綿でぬらしながら、私は私自身の呼吸を整え、彼女の横で〝瞑想〟を始めた。

五時、六時、七時としだいに外が明るくなってきたころ、一九三〇年代だろうか、イ

レーネの少女時代を再現しているような映像が、心に浮かんできた。

「光があなたを迎えに来る、光の向こうに、幼いころのあなたや姉妹たちや、あなたの母や父もいるでしょう」と、イレーネに話しかけると、彼女の息が、突然止まって、それから、ハアーッと、胸が盛り上がるほど深く息を吸って、イレーネは何度も何度もそれを繰り返しながら……眠りに入っていった。

昼の十二時、教会の鐘が鳴って、スーッと光がイレーネの身体を照らし、マリーテレーサが、「さあ、光に飛び込んで入って！」と言った瞬間、イレーネは息を引き取った。

イレーネ

この三十年で、ハウスハーマンの景色は大きく変わった。

農業経営は、農学部卒の女性をリーダーに若手のスタッフ数名、責任者はあのポーさんの息子である。彼は一時、親と縁を切りわが家の農業を続けてくれた。

イレーネの住まいは事務所に改装されて、ママさん再就職組の女性二人が、毎日楽しそうに仕事に励んでいる。ドイツの主婦は、子供が幼稚園に行き始めるころになると、外に出て働くことが生き甲斐のようだ。財布は夫が握っているから、おこづかいもできて嬉しそうである。子供たちも今は大学生になって、大きな行事が入ると家族そろって手伝いに来てくれる。

「それは私の範囲ではありません」の家事手伝いの彼女は、自分の領域をうまく保ちながら、今ではハーマンに欠かせないスタッフのひとりになっている。

要《かなめ》はなんといってもハウスマイスターのフローさん、ブルネン夫妻が出たあとに、スッと入ってきて、はや十五年。彼は元軍隊の曹長さんで、少々融通が利かないところもあるが、今の時代には珍しいほど律儀で頼もしい人物である。

奥さんはケーキを焼かせると抜群という看護師、狩りの夕食会は彼女がすべて仕切っている。二人とも私とは一歳違いで、ハーマンを終の棲家に仲良く暮らしていこうと話している。

ドイツの人は、煉瓦を一つ一つ積み上げて、ゆっくり時間をかけながら家を造りあげるように、人と人のつながりもじっくりと時間をかけて創りあげる。

自分の領域、範囲を常に確認しながら可能性を広げていく彼らから、私は多くのものを学んだ気がする。

できることとできないことをはっきり口に出し、いい加減に取り繕ったりしない。言葉がきつく、気分を害することも多いけれど、裏を返せば、それは彼らが自分に誠実である、ということだろう。


「家は内側から生まれ変わるって、ぼくは知らなかったな」と、長年、邸の改装を担当してきた建築家のウリさんが言っていた。

大切なのは、そこに「礼」つまり、ディスタンツ（距離）を持つこと。〈私〉と感情がすぐに結びつく、そして相手の感情とも直結してしまう自分には簡単なことではないが、ドイツという土地で生き続けるには、自分にも、向かい合う相手にも、「礼」が必要ではないかと、私も今、ようやく気づいている。

デーゲンさんは、いつも言っている。

「調和とは、揺れ動くもので、常に調整をし続けなければならない。植物も陽に当て水をやり、時には土を入れ替えたりしながら養い培っていく。人と人との関係も同じである」と。

三十八年前、ミュンヘンで初めて聞いた、あの優しく力強く、大地に根づいたオーケストラの響きは、ドイツの大地と人々の間で長い時間をかけて培われ、じっくりと醸し出された〝音〟そのものだったのだろう。

二〇一九年秋、デーゲンさんは七十歳の誕生日を迎えた。

最高の秋日和で、家族、親戚、幼馴染、友人、スタッフの家族、総勢二〇〇人もの人々がハーマンの庭に集まり、デーゲンさんは、西の文化と東の文化、様々な人々のそれぞれの要素が集い合って、シュティムング（調子、気配、雰囲気）が、この家に培われてきたこと、それはとても嬉しく、また仕合わせなことであると、みんなの前で語っていた。

午後の余興では、彼の大好きなリルケの詩を朗読して、それから友人の日本人バイオリニストの弦に合わせて、真っ赤なドレスを着たイタリア人のダンサーが即興で踊り、そして、後輩のピアニストが、当日飛び入りで入ってきて、私は母の紋付の羽織をまとい、大勢の観客の前で歌った。

ハーマンの庭に心地よい風が吹いていた。

いつでも、どこでも、歌えなかったのは、それは、弱さではなくその薄い膜の中で、声は守られ、養われていた。

わたしは、出来事の上に張られた成長する幾つもの輪の形をなして
この生を生きている
おそらく、その最後の輪づくりを　わたしは　完遂することができないだろう
しかし、わたしは、それを試みるつもりである
神をめぐって旋回し、最古の塔をめぐって旋回し
わたしの生は、何千年も旋回をつづける
わたしは　まだ知らない、それが　一羽の鷹であるか、嵐であるか
それとも、一個の偉大な歌声であるか、を

リルケ「時祷集」一八九九年

今年一月、空が天国に行った。

今までここに居て、動いて、息をしていたものが、あっという間にすべて止まって、いなくなった。

火葬しようと、フローさんの奥さんが手配を始めたが、遺体をいったん預けなければならないと聞いて、デーゲンさんは、ためらった。

「最後まで、一緒にいたい……やはり土葬にしよう」と彼が言って、

空は、その夜、玄関ホールのマリア像の元に休むことになった。

翌朝、デーゲンさんとフローさんが土葬の準備をしている間、部屋のドアを開けて、

私はピアノを弾いて歌い始めた。

私の声なのか、空の声なのか、そのふたつが重なり合っていたのか、

声が「私」から放れ、しがみついていたものがすべて、この手から放れていった。

「準備ができたから」と、デーゲンさんに呼ばれて、白いシーツに包まれた空を、柳の枝で編んだ籠に入れて運び出そうとした時、空の身体から、最後のものが排出されていたことに、私は気づいた。

この家に来た時から、ずっとこの歌声をきいて育ってきた。音楽治療中もいつも傍にいて、どんな人の声にも寄り添っていた空だから、その時の声も届いたのだろう、空の

身体にその波動と振動が伝わったのだと思った。

「空は、あなたたちの子供のような存在だったから」と、友人に言われ、「空は人間ではありませんが、ひとつのLebewesenレーベベーゼン、命あるもの、生きもので、今、その存在は見えなくなったけれど、霧のように薄くなって、空の香りと気配が私たちの傍に漂っています」と応えたデーゲンさんの声が、わたしの心に優しく響いた。

四週間が過ぎたころ、あのウーフー（ワシミミズク）の声が、わが家の庭の方から聴こえてきた。

どうやら、空のお墓の上の樹の枝にとまって鳴いているようだ。

森もチャペルも邸も全部見渡せる、イレーネとデーゲンさんが毎年黄色いウィンタリンゲの花の種を植えつけていた、庭の小高い場所から聴こえてくるウーフーの、ふくよかな声に送られて、そろそろ筆をおくことにする。

二〇二二年四月十八日

多田 von Twickel 房代

ヴィラベックの四季

朝焼け

1月

樹氷

2月

春の音

ウィンタリング（エランテス）の花

アンナチャペル

3月

水堀に咲く連翹の花

4月

堀の桜

森の葉韮

菜の花畑

5月

塔に咲く菖蒲

6月

裏庭に咲くイレーネのライラック

隣の馬牧場

夏の森

7月

夏祭りSchützenfest ハーマンにて

8月

大麦の収穫

遊びの畑（休耕地）

夏の終わりの夕暮れ時

9月

デーゲンさんと空

10月

朝の月

池に浮かぶ月

狩り

11月

樹木の丘の夜明け

12月

鹿

雪のハーマン　Frohe Weihnachten!

あとがき

「ドイツに行って活きいきしてきたわね、ドイツの水がよく合うのかしら？」と周りから言われるたびに、

「とんでもない、濃度の違う海に飛び込んで、スゥーッと流れに身を任せることなんてとてもできませんよ、うまく泳ごうとすればするほど身も心も固まって、時々溺れそうになるのです」と、いつもそう応えていました。

そんな暮らしの中、台所の片隅で綴った言葉の数々、「小さな器に入れてみませんか？」と、音楽治療家として駆け出した頃に出版した『響きの器』の編集者、弓削悦子さんに声をかけられ、二度目の出版に臨ませていただきました。

装丁は前回同様、妹尾浩也さんに引き受けていただき、二十二年ぶりに同メンバーでの新たな一冊、初めて読まれる方々のために『響きの器』の描写を少し再現してみましたが、以前とは、ひと味違う『音』『楽』のひろがりを感じていただければ幸いです。

数年前、夫の退官を祝って三木義一さん（元青山学院大学学長）よりカメラをプレゼ

ントされ、クリスマスには毎年、ヴィラベックの自然をカレンダーにして、日本の家族や友人に贈っています。今回、彼の写し出すバウムベルゲの光と空、森の写真を、いつか本文の中に添えてみました。この地の息吹を少しでも感じていただけたらとの願いです。

本の中で一部紹介したデーゲンさんの講演録「文化を育てる」の翻訳は、長年ドイツにお住まいの親しい友人、今井ウェバー小羊子さんにお手伝いしていただきました。出版に際しては多くの方々にお力添えいただき、人と人とのつながりの大切さにあらためて感謝しています。

二〇一五年、東日本大震災あとの福島を訪れ、玄侑宗久さんと初めてお会いしました。その折『「いのち」のままに』というご著書を頂戴しました。

「陰」「陽」の基本は、動かないことと、動くこと。たとえば植物では、枝分かれして花を咲かせる「陽」のはたらきと、大地を包み込んで水分や養分を吸い上げる「陰」のはたらきに分けられます。

「論理」「思考」は、すべて「陽」のはたらきで、言葉という花のような結果ももたらしますが……しかし、根があってこそ花も咲く……。

と、そこに書かれていた言葉を、いま感慨深く噛みしめています。

玄侑さんの数々のご著書から、たくさんのことを学んでまいりました。この度は大変お忙しいなか解説文をご執筆いただき、身に余るお言葉を頂戴し、心より感謝を申し上げます。

父の病院を存続させるために大好きだった音楽の道を私に託した姉、そして天国に旅立った愛するものたちと、この人生で出会ったことを心から仕合わせに想いながら、海を越えて、風に乗って飛んでいく言葉たちが、読者の皆さまの心のなかで、豊かに育てられますことを祈ります。

また会う日まで　Aufwiedersehen

Mit vielen Grüßen

[illegible]

撮影：Adam Schall-Riaucour

新たな風土に游ぶ

玄侑宗久

解説をと依頼され、原稿が届いたのはお盆直前。しばらくは読めないだろうと諦めていたのだが、試しに頁を捲って読み始めてみると止められなくなり、途中で何度も客の応対をしながら原稿に戻るという調子だが、とうとうその日のうちに読み終えてしまった。とにかく面白い本だがジャンル分けが難しい、というのが最初の印象である。

つまりそこには、音楽療法の話もむろん登場するが、ドイツ人の旦那さんとの馴れそめから日常、お城のような邸《やしき》やその周囲の情景、そこで働く人々、漆黒のスコットランド・ラブラドールなど、要するに著者である多田さんを現在の多田さんたらしめている全てを、過去も含めて忌憚なく描いているかと思えた。些か小説的な厚みを感じさせるご自身の重層的なドキュメンタリーだろうか。

構成は、けっして油絵具を塗り重ねるようなドイツ的手法ではない。繋がりの分からない話題転換が突然なされ、「虚」の空間の周囲に林や川などが描かれ、しばらくするとその「虚」なる空間に何かの気配が蠢きはじめ、全体に繋がる。まるで山水図のような作法なのである。

とりわけ夫であるデーゲンさんの登場は唐突で、驚くほど速やかに話をまとめてしまう。そう見えるのだが、たぶんそうではない。多田さんの中には以前に聴いた夫の言葉がいつでも引き出せる状態で浮かんでおり、文章においても、過去は現在に違和感なく溶け込んでいるのだ。

和辻哲郎の『風土』をフランス語訳したオギュスタン・ベルク氏は、風土は環境と違い、純粋な客体にはなりえないと言う。(「コスモス国際賞」受賞記念スピーチ)。なぜなら風土には必然的に主体性が伴うから、というのだが、氏はまた東洋の山水図について、結局は吾《われ》が「いかにおはす」かを描いたものだとも指摘する。どんな場所に暮らすかが人生を決定づける、との考え方が「風水」として追求され、それを学んだ多くの僧侶たちが全国に適地を求め、寺や庵を建立して山水を愛でた。この本を読んでいるとどういうわけかそんなことまで憶いだした。きっとそれは多田さんがいま新たな風土を獲得し、そこで「いかにおはす」かを表現したと感じたからだろう。

多田さんはべつに風水的な理想の地を求めてドイツに渡航したわけではない。その経緯や成り行きは二十二年前に刊行された『響きの器』にも詳しいが、一読して私が思ったのは女性版「わらしべ長者」のようだ、ということ。好運、というより、縁そのものを信じ、未知なる世界にその身を任せられる人と思えた。

ドイツの私大の音楽治療科受験のとき、学長さんは「私たちは、天使の力が欲しいのです」と言ったそうだが、まさに彼女こそ仲介者や讃美者としての資質を、見事に具えている気がする。

思えば私には、多田さんの専心する「音楽療法」を解説する知識も体験もない。ただこの本から感じる彼女とクライアントとの接触は、九州大学の成瀬吾策《ごさく》氏が創始した「臨床動作法」を想わせた。片や音とみみ（身の身）による接触、もう一方は動作への誘導と接触だが、どちらも底抜けの慈悲（のようなもの）に支えられている。

多田さんの場合、抜けた底の下にはおそらく天照大神が籠もった天岩戸の深い闇があるのだろう。「いつでも、どこでも、歌えるわけではない」という彼女の一面も、その洞窟に通じているだろうか。相手に向き合い、彼女はいちいちその闇まで戻ることを繰り返しながら、相手の発する気配に共振していくのではないだろうか。障碍者施設の住人たちや鬱病、自閉症の子供など、多田さんは多くの集団や個人にセッションを行なってきた。老子や荘子はその闇を「渾沌」と呼び、創造の現場と捉えたが、多田さんはおそらくそこでの相手の創造を仲介しつつ、洞窟に繋がる「天」（彼女はこれを〈しぜん〉と訓む）の力を讃美してきたに違いない。

多田さんの行なう「即興」のセッションが興味深いので再録してみよう。

「まずは、二人ずつ向かい合う。いきなり顔と顔を向かい合わせないで、相手と背中合わせになって、自分の身体の音にみみを澄ませる」

「相手の背中の温かみや呼吸を感じ、互いの背中の様子が変化してくるのを感じていると、ため息が出たり、そのうちしぜんに声が出てきたり、それらの波動が互いの身体に伝わってくるだろう」

「触れ合っている背中が離れたくなったら、間をもち、距離を保ちながら向かい合う。それから声と声が絡み合ったり、摩擦が起きたり、激しくぶつかり合ったり、様々なことが起き始める」

まるで催眠時のような描写だが、その点も「臨床動作法」に通じる。また二人の間には明らかに洞窟の如き渾沌が介在している。多田さんによれば、「即興は、引き寄せではなく、放つ、自分に引き寄せてきたものが放たれていく『時』で、それらがばらばらに放たれると、どこからか新たな気づきが降りてくる」というのだが、ここにもあらゆる展開を縁として受けとめ、そのプロセスじたいを讃美する底抜けの天使性が認められはしないだろうか。

なにゆえ多田さんはかくも天使的であり得るのか。ご本人がどう答えるかは分からないが、私とすれば本書を読み進めながら一つの確信を得た。それはデーゲンさんとの縁によってこの物語が始まり、彼女はそれを全うすることに一点の疑念も迷いも感じていないからではないか。

三年前に古稀を迎えたというデーゲンさんとはいったいどんな人物なのか……。巻末や本文途中の素敵な写真を撮り、いつもこんな言葉を仰る人らしい。

「調和とは、揺れ動くもので、常に調整をし続けなければならない。植物も陽に当て水をやり、時には土を入れ替えたりしながら養い培っていく。人と人との関係も同じである」。

今後も多田さんがすっかり馴染んだ風土で新たな調和を求め、「游ぶ」が如く上機嫌に活動を続けていくのは間違いないだろう。

ここでは彼女と共に、デーゲンさんの慈愛と叡智を讃え、変わらぬご壮健を念じておきたい。

お盆の闇は天岩戸のように深い。私の「みみ」は蟬の声の彼方に大いなる静謐を捉え、ふいにマックス・ピカートの『沈黙の世界』を憶いだした。ドイツは今ごろ夕方だが、多田さんはきっと天岩戸の深い沈黙のなかで、今日もそれを壊さない音や言葉を探し求めているに違いない。

令和四年　八月送り盆の夜に

玄侑宗久　謹誌

多田 フォン トゥヴィッケル 房代　Nobuyo Tada von Twickel

1952年、宮崎県宮崎市に生まれる。

宮崎南高校卒、武蔵野音楽大学声楽科卒。東京と宮崎にて障害を持つ人々を交えた子供と母親の音楽活動に携わる。1990年、ドイツ、ヴィッテン・ヘルデッケ大学、医学部音楽治療科修士課程卒業後、ミュンスターのアレクシアーナ精神病院にて統合失調症、躁鬱病の治療、またアンナカタリーナ障害者施設にて知的障害・身体障害を持つ人々のための音楽療法に従事。ミュンスター、ヴェストファーレン・ヴィルヘルム国立大学音楽治療科講師として「声の即興」の講義・実践を担当するかたわら、自宅、音のアトリエで治療家、心理療法士、一般の人々を対象に個人セッション、子供たちとのグループセッションを実施。また日本ドイツ各地において講演、ワークショップ等を開催する。

2012年以降、治療家としての活動を引退し、主婦として日常に従事している。

著書：『響きの器』（人間と歴史社、2000年）

楽《らく》の音《ね》　ドイツの森《もり》と風《かぜ》のなかで

発行日　2022年9月29日　第1版第1刷発行

著　者　多田《ただ》 フォン トゥヴィッケル 房代《のぶよ》
発行者　弓削悦子
発行所　みなも書房
〒154-0024　東京都世田谷区三軒茶屋2-28-4-106
info@minamo.pub
印　刷　株式会社 シナノ
装丁・本文デザイン　妹尾浩也（iwor）

ISBN978-4-9909365-5-6-C0095

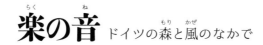